車

カレル・チャペック旅行記コレクション

北欧の旅

飯島 周 編訳

筑摩書房

目次

北への旅 13

I デンマーク……23

デンマーク 24

コペンハーゲン 32

II エーレスンドの対岸……41

エーレスンドの対岸 42

ストックホルムとスウェーデン人 54

ストックホルム周辺　62
旅の途中で　74

III　ノルウェー……81
オスロ　82
ベルゲン鉄道路線　91
ベルゲン　105
ニーダロスまで　110
ホーコン・アダルステイン号の船上で　131
北極圏を後にして　150
ロフォーテン　165
トロムス　182

海峡とフィヨルド　194
港と停泊地　202
北緯七十度四十分十一秒　216
ノールカップ　224
帰りの旅　235
ナルヴィク　245
オフォト鉄道　251

Ⅳ　ふたたびスウェーデンで……………　255

北のツンドラ　256
スウェーデンの深い原始の森　266

古きスウェーデン　277
ゴート族の国　285
夜　293
解説…………………………………………298

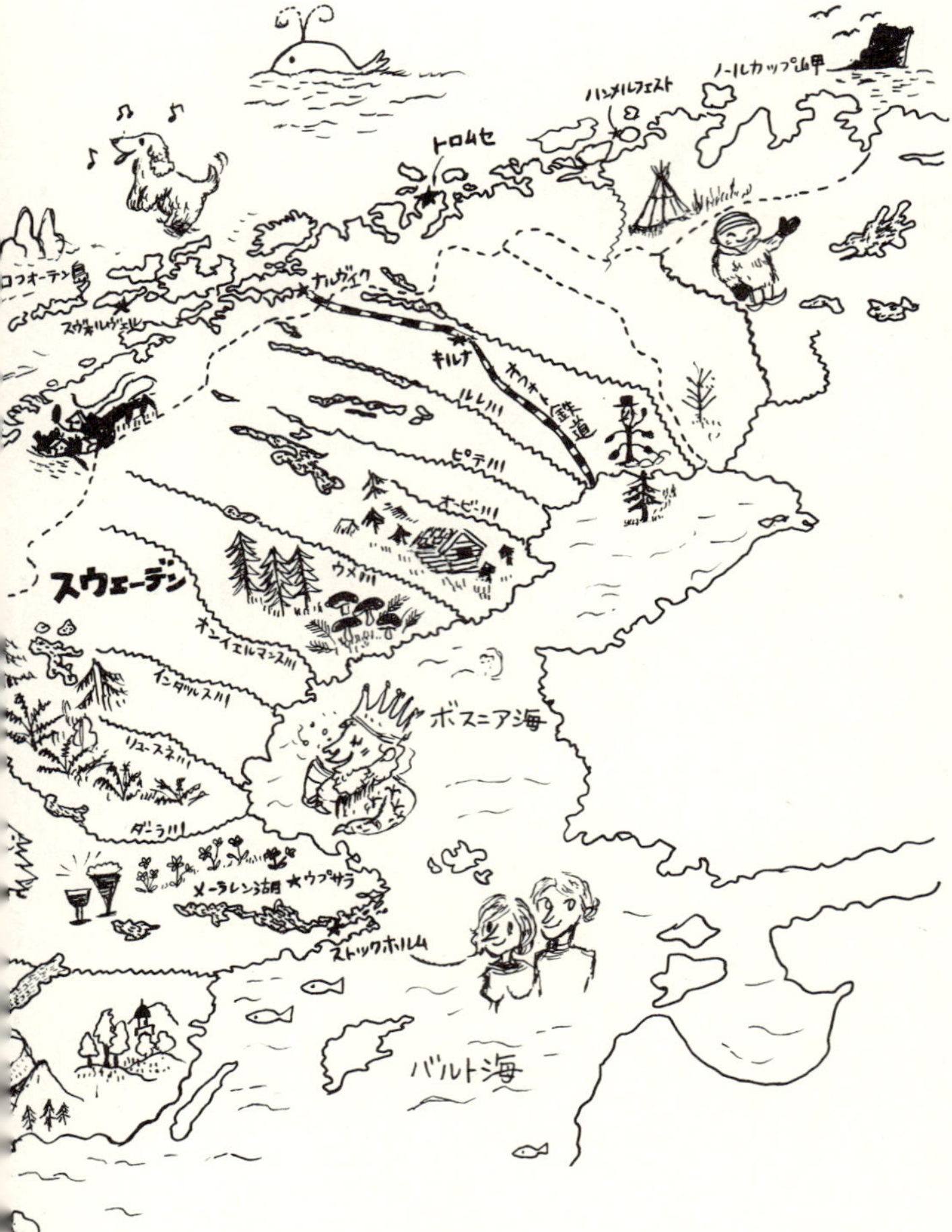

イラスト・山田詩子
（カレルチャペック紅茶店 http://www.karelcapek.co.jp/）

カレル・チャペック北欧を行く
N
ノルウェー海
ブレンネイ
トロンヘイム
オーレスンド
ノルウェー
ベルゲン
ベルゲン鉄道
オスロ
ヴェーネル
イェーテボリ
北海
デンマーク
オーゼンセ
コペンハーゲン
エーレスンド
ヘルシンボリ
トレレボリ

北欧の旅

本書は、オリジナル新訳である。

今日の人権意識に照らして不当・不適切と思われる語句や表現については、作品の時代的背景と文学的価値にかんがみ、そのままとした。

❖印は原注、＊印は訳注である。

北への旅

わたしの北への旅はずっと昔、まだ幼かった日々に読んでいた物語から始まっていた——イェーテボリからヴェガ号に乗って〔*1〕、またはヴァルデからフラム号に乗って〔*2〕出航したあの日々は、今いずこ！「ぼくらの目の前には、穏やかな海が開けていた」〔*3〕。そうだ、あれは美しき日々だった。しかし、人生とは計りがたく思いがけぬものである。ぼくらの仲間から極地探検家が生まれなかったのは、ただ偶然のたわむれによるものだ。あの頃は、北緯八十九度三十分に位置する未知の土地が、万年氷に閉ざされて、発見されるのを待っていたのに。そこには火を吐く山があり、その山がぼくらの島を温暖化し、オレンジやマンゴーの実などの、いまだ知られざる果物を熟させていた。さらにその島には、高い教養を持つ未知の民族が、海の牝牛たちのミルクを命の糧として、生活していた——今日では、もはやその島は、誰にも見つからないだろう。

北への二つめの旅は学問芸術の旅で、ずっと長く続き、おそらく、いつになっても完成されることがないだろう。その波止場や停泊地は、キェルケゴール、ヤコブセン、ストリンドベリ、ハムスン等々〔＊4〕という人の名前である。そこでわたしは、スカンジナヴィア全体にわたって、名前ばかりでいっぱいの地図を描かねばならないわけだ。ブランデスとギェレルプ、イェイェルスタム、ラーゲルレーヴとヘイデンスタム、ガルボルグ、イプセン、ビョルンソン、リー、チェラン、ドウン、ウンセット〔＊5〕、その他まだ誰がいるのかわからない——たとえばペル・ハルストレーム。そしてオラ・ハンソン、ヨハン・ボイェル、その他その他、たとえばアンデルセン＝ネクセーのような人たち〔＊6〕。わたしは、もう少しで、実際にその人たちが暮したノルウェーのロフォーテン島かダラルンに住みそうになったし、オスロの町で最も美しい大通りカール・ヨハンスゲート〔＊7〕沿いを何度も歩きまわるところだった。どうしようもないことだが、人は、自分の故郷であるこの世界全体の中で、少なくともいくつかの場所を特別なものとして経験しなければならない。その後で、訝り怪しみながら、二つの驚きの間を行ったり来たりする——そこはかつて見たことがある、または、まったく思いもよらなかった、の両者の間を。そのような驚きこそまさに、大きな文学の持つ特性だ。大きな文学とは、ある特定の民族が持つ最も民族的なものでありながら、同時にすべての民族が理解できる、親しみ深い身近な言葉で語られるものである。いかなる外交術も、いかなる民族連合も、文学ほどの普遍性を持ってはいない。にも拘わらず人々は、文学に対して十分に重きを置かない。そのため、人々は、いまだにずっと憎み合ったり、よそよそしくなったりしてしまうのだ。

それから、北への三つめの旅、北への巡礼がある。それは、まさしく北へ向かうこと以外の何をも目指さない。なぜなら、そこには白樺の木と森があり、草が生い茂り、祝福された豊饒の海が輝いているからだ。なぜなら、そこには白銀の冷気と露を含む霧と、他のいずこよりも、しなやかできびしい美しさがあるからだ。そしてなぜなら、われわれ自身もすでに北の地に属し、冷たく心地よい北の一片を、精神の深みにわが物として帯びており、それは身を焼くような炎熱にも溶けることがないからだ。雪の塊り、白樺の木肌、パルナソスの白い花。白い北への、緑の北への、過激でありながら孤独な北への、恐ろしくも愛しい北への、巡礼。月桂樹やオリーヴの木ではなく、榛《はん》の木、白樺と柳、溝萩《みぞはぎ》の花、ヒースの花、釣鐘草《つりがねそう》とトリカブト、苔と羊歯《しだ》。小川のほとりやブルーベリーの茂みの中の下野草《しもつけそう》。燃えるような南は、どこもこれほど豊かでふくよかではなく、これほど露や樹液で豊潤ではなく、この極北の地ほど欠乏と美に恵まれてはいない。巡礼すると決めたからには——実際にあなた、それは苦痛で、恐ろしく苦労で心配なことですよ——さて、巡礼するからには、それがただちに、この上なく美しい楽園への旅となりますように。そして巡礼の後で、それがあなたが求めていたものだったかどうか、言ってほしい。そう、神は讃むべきかな、それはまさに求めていたものである。わたしは自分の目で北を見たが、それは「良きもの」だった。

そして、さらにもう一つの北への旅がある。じつに多くのことが、今日、民族や人種について語られている。それらについても、少なくとも、何か言及するべきだろう。たとえば、わたしは、純血種のゲルマン人たちを垣間見た。わたしが得た印象では、この人種はすばらしく堂々として、独立と平和を愛し、個人の尊厳に拠って立ち、容易に屈せず、誰かの指南をけっして必要としない。諸民族を認識するために巡礼するなら、より幸せで精神的により成長した民族を観察しに行こうではないか。わたしはヨーロッパの最深の部分を見た。そして神は讃むべきかな、ヨーロッパはまだそれほど悪くはない。

＊1　スウェーデンの旅行家N・A・E・ノルデンシェルド（一八三二〜一九〇一）の旅行記『ア

ジアとヨーロッパ周辺航海』（一八八二）による。

＊2　ノルウェーの探検家F・ナンセン（一八六一～一九三〇）の著書『北極を目指して』（一八九七）による。

＊3　同前書

＊4　ゼーレン・キェルケゴール（一八一三～一八五五）、デンマークの哲学者。イエンス・ペーター・ヤコブセン（一八四七～一八八五）、デンマークの詩人・作家。ヨハン・アウグスト・ストリンドベリ（一八四九～一九一二）、スウェーデンの作家。クヌート・ハムスン（一八五九～一九五二）、ノルウェーのノーベル賞作家。

＊5　ゲーオア・モリス・コーエン・ブランデス（一八四二～一九二七）、デンマークの思想家。カール・アドルフ・ギェレルプ（一八五七～一九一九）、デンマークの詩人・ノーベル賞作家。グスターフ・アヴ・イェイエルスタム（一八五八～一九〇九）、スウェーデンの作家。セルマ・ラーゲルレーヴ（一八五八～一九四〇）、スウェーデンのノーベル賞作家。「ニルスの不思議な旅」など。グスターフ・ヴェルネン・フォン・ヘイデンスタム（一八五九～一九四〇）、スウェーデンの詩人・ノーベル賞作家。アルネ・ガルボルグ（一八五一～一九二四）、ノルウェーの詩人・作家。ヘンリック・ヨハン・イプセン（一八二八～一九〇六）、ノルウェーの劇作家。「人形の家」など。ビョルンスティエルネ・ビョルンソン（一八三二～一九一〇）、ノルウェーのノーベル賞作家。ヨナス・リー（一八三三～一九〇八）、ノルウェーの作家。アレクサンドル・チェラン（一八四九～一九〇六）、ノルウェーの作家。シェラン、キイランドと表記される場合もある。オーラヴ・ドウン（一八七六～一九三九）、ノルウェーの作家。シグリ・ウンセット（一八

八二〜一九四九)、ノルウェーのノーベル賞作家。
*6　ペル・ハルストレーム(一八六六〜一九六〇)、スウェーデンの作家。オラ・ハンソン(一八六〇〜一九二五)、スウェーデンの詩人。ヨハン・ボイェル(一八七二〜一九五九)、ノルウェーの作家。マルティン・アンデルセン＝ネクセー(一八六九〜一九五四)、デンマークの作家。「人魚姫」のアンデルセンとは別人。
*7　カール十四世ヨハン(一七六三〜一八四四)にちなんだ大通りの名称。

Danmark

Sverige

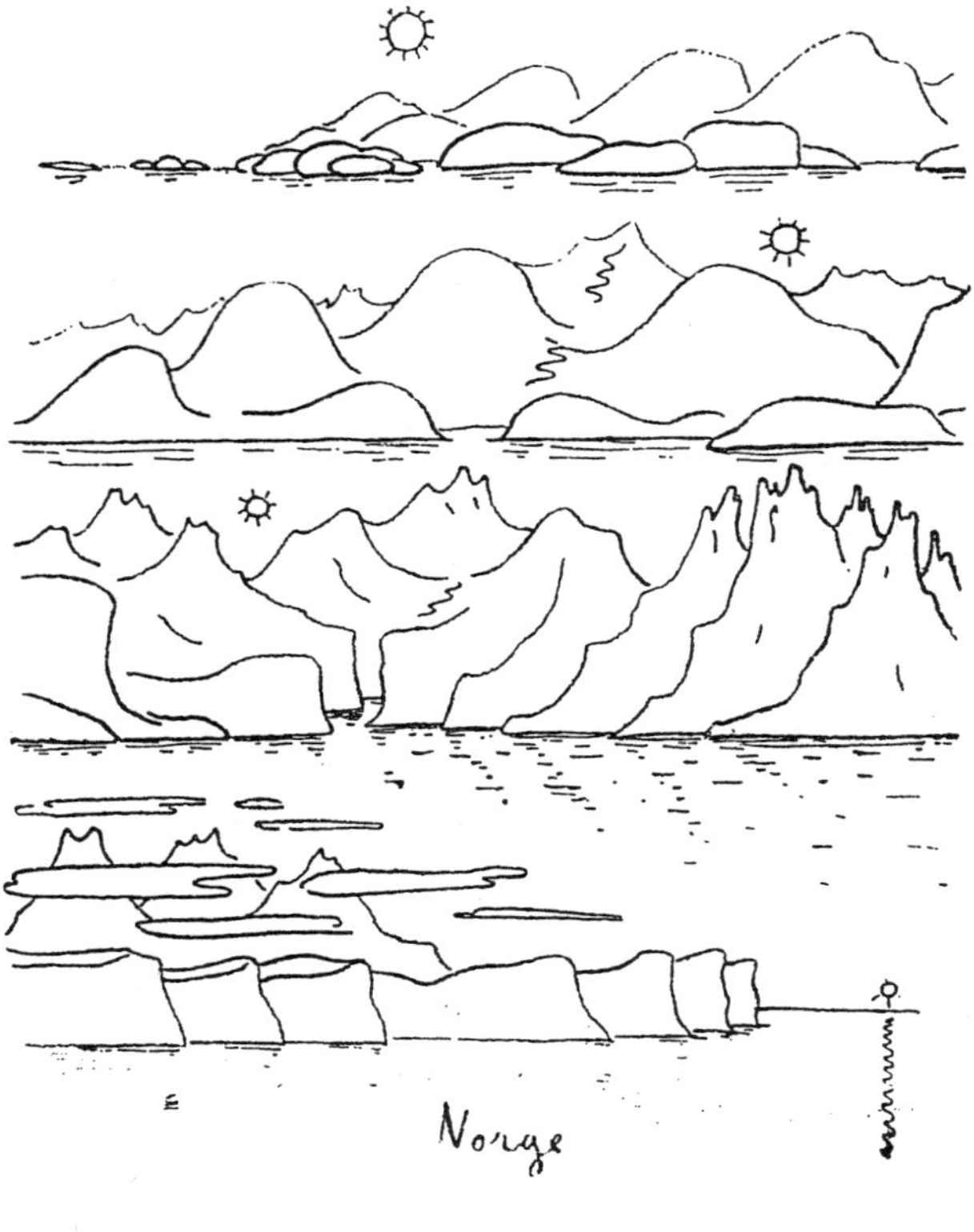

I　デンマーク

デンマーク

　そしてわたしは、ドイツとの国境を越えて、ユトランド半島の土地の上を、さらに進んで行く。最初の一瞥では、それほど目立つ相違はない。国境の両側は同じような平野だ。ただ少しばかり波打っていて、机の表面のように平らだ、とは言いがたい。こちら側［デンマーク］にもあちら側［ドイツ］にも、同じような黒白まだらの牝牛がいる。ただ、あちらでは郵便配達人は濃紺の上衣を着、こちらでは鮮やかな赤の上衣だ。あちらの駅長さんは駅長さんらしく見えるが、一方、こちらの駅長さんは年老いた親切な船長さんを思い出させる。人々は、自分たちの政府とさまざまな規則によって、初めてこの世界に大きくきびしい相違を作り出すのだ。これらの黒白まだらの牝牛たちが、デンマーク風の目でわたしたちをやさしく見つめるのに、唇をつぼめて陽気な口笛を吹かずにいられようか？

地図の上に描かれた低地のような、明るい緑の大地、緑の草原、緑の牧場、点在する牝牛の群。白い花房をつけたライラックの暗い茂み。ミルク色の肌をした青い目の娘たち、ゆっくりと慎重な人たち。定規を使って描いたような平野――このどこかに、ヒンメルビィヤウ、つまり「天の山」という究極の名で呼ばれる山がある、と言う。わたしの友人の一人が、車でその山を探し廻ったが見つからず、土地の生え抜きの人に、どこへ行けばその山に行き着くのか、と尋ねたところ、「もう何回もそこを通ったよ」と言われたそうだ。だがその話はどうでもよい。それだけ、ここは広々と見渡せる。爪先立ちすれば海さえも見えるだろう。何としよう、ここはちっちゃな国だ、たとえ五百の島全部を寄せ集めたとしても。まるで小さなパンの一片のようだが、その代りに、厚いバターが塗られている。そう、家畜の群、農場、はち切れそうな家畜の乳房、樹冠に埋もれる教会の塔、さわやかなそよ風の中に廻る風車の肩――。

まさにわたしたちは、きれいな新しい橋を渡って、小さな海峡を横切り、フュン島に入る。この島は、ふつうの土地というよりはむしろ庭園のように見える。その通り、わたしたちは、柳の木の間のこのおだやかな道を、榛《はん》の木の間のこのおだやかな道を、地平線に浮かぶ教会の尖塔に通ずるこのおだやかな道を、徐々に巡っていかねばならないだろう。だが、親愛なる道よ、ここはわたしたちにとってただの通り道に過ぎないのだ。と言うのは、わたしたちの巡礼は真夜中の太陽、つまり白夜を目指しているのだから。

この地には、わが国とは違って、村は一つも存在せず、緑の牧野に一つずつ放り出された農場しかない。赤い屋根の農舎付きだ。その農場から農場へと、赤い上衣の郵便配達人が自転車で廻っている。どの農舎も、それぞれの緑野の真ん中にどっかりと座っていて、西のほうから吹くそよ風が、密集した木々の中の煙突にまとわりつく。牧草地の一つ一つにはワイヤーが張り巡らされ、その中で、白いたてがみのゆったりした馬たちや褐色の牝牛たちが、きちんと列を作って牧草を食《は》んでいる。馬や牛たちは、じつは何頭かずつに分けられているのだが、そのことは目には見えない。そこで、この地では、牝牛たちがそんなにもよく教育され、規則的で模範的な間隔で草を食んでいる、と驚く。あるいは、牝牛たちは、すべてが同じように堂々と休息の姿勢をとり、同じテンポで反芻《はんすう》している。あるいは、羊の群がいるが、その中には黒い羊も汚れた羊もおらず選ばれし羊のみで、創造主の御心《みこころ》に従って草を食んでいる。あるいは、この地では家畜たちが、黒いニワトコの茂みを、丸っこい柳の葉を、太いがっちりした樹木の葉を、動かずに幸せそうに食み、大地の水分と風と銀色の陽光を、平和に

反芻している。それはまさに、神の牧場である。大きな神の農場で、そこには人間の仕事は何も見られない。それほどよく、清らかに完成されている。

そして実際、その場にあるすべてのものは、巨大な玩具《おもちゃ》箱から取り出され、滑らかな平野にきれいに配置されたかのように見える。さあおまえたちの物だよ、子供たち、遊びなさい。ここには小さな家と牛小屋が、ここには褐色の牛たちが、ここには白いたてがみの馬たちがいる。ここには白い教会もあるが、その塔の上に、歯が十三本ついているのはなぜか、お話ししよう。それは十二人の使徒と、その上におわしますキリスト様ご自身なのだ。さあ、それらを緑の牧場のあちこ

ちに、直線や四角形に配置して、きれいに満ち足りて見える光景にしなさい。こちらに風車を、こちらに赤い上衣の郵便配達人を、こちらには縮れ葉の木を置きなさい。そしてここには、手を振って挨拶する子供の人形を。(本当に、ここには列車を走らすべきだ)。さて、みごとな玩具じゃないか! そう、本当だ、ここはオーデンセ、あのアンデルセンの町なのだ。ここで玩具たちは生き生きとし、ここで牝牛たちは尻尾を振り、ここで馬たちはみごとな頭を上げ、ここで人形たちはあちらこちらへ、ただゆっくりと音もなく動く。そして、ここはフュン島である。

フュン島であるからには、まわりに海を付け加えなければならない。滑らかで明るい海、そしてその上には玩具の船、白い帆の翼、汽船の黒い煙のヴェール。これは遊びなのだから、わたしたちの列車を船に積み込み、列車に乗って海を進んでいこう。これは遊びだ、と言わなかっただろうか? 実際に船の上にいるのは子供ばかりだ。船は、子供たち、青い目をしてそばかすだらけで、踊りまわりきゃあきゃあ騒ぐちびっ子たち、女の子たち、赤毛の子たち、小僧ども、を積荷にして、大海峡の上を煙を吐きながら横切っていく。鶏舎の中の鶏のように、子供たちは船内にひしめき合っているが、この積荷を一体どこへ運ぶのか。この、人間の幼獣を見守るかのように、海峡全体の鷗《かもめ》が群れ集ってはためく巨大な旗のようになり、金切声をあげながら船を囲

んで翔ぶ。
水平線の上に浮かぶ、あの平らで低い線のような地、それがデンマークだ。わたしたちの後ろにあるのはフュン島で、前にあるのはシェラン島、そしてスプロゲーとアゲルセーだ。この細い線の上で、人と牝牛と馬たちが生活できるとは、信じられないほどである。見よ、デンマーク全体が、何物にも触れることなく、水平線そのものの上にまとめられている。その代りに、頭上に空を仰いでいるのだ！
シェラン島、牝牛と羊と馬たちの緑の牧場。見てほしい、いかに美しい風景か。牝牛ばかり、牝牛ばかり、いかに恵まれた牛舎だろうか！　境目にはニワトコとエニシダ、草原には榛の木と柳。それぞれの邸の庭には、寺院さながらに堂々とした、繁茂して広がった樹冠がかぶさっている。まるで公園のように見えるが、ここはバターと卵と子豚を作り出す場所なのだ。この地では、牝牛は、美と神々しい平安のためのみに存在する、と言いたいほどだ。まったく人間は少ない。もし誰かがいるとしたら、それは藁帽子をかぶった庭師か、いや、むしろ白いたてがみの去勢馬で、まじめに賢明そうに、走り去る列車を見送って肩をすくめている。何でそんなに急ぐんだろう！——うん、北を見に行くんだよ、馬くん！——で、北には何があるんだね？——見て知りたいんだ、北では人間と馬とトナカイがどんなふうに生活しているのか——トナカイ？　何だそりゃ？——それはこんなけだものだよ、馬くん。枝別れした角があって、きみと同じように橇《そり》を引くんだ——でも、ぼくは橇は引かないぜ、あんた！　ここで馬が何かを引いてるのを見たことがあるかい？ぼくらはただ草を食むだけで、時々瞑想にふけるんだ、たてがみが白くなるほど、ね——。

小さい、心地よい、小ざっぱりした地方。若い唐檜《とうひ》の垣根に囲まれた光景は、母たちが歯形に切り抜いた紙を食器棚に飾った時のようだ。牝牛また牝牛、古い小さな町、新しい農舎、教会、そして風車——すべてがみごとに遠くに配置され、見たところ箱から取り出された玩具のようだ。そこには常に、憂愁の哲人キェルケゴールというよりは、むしろ童話作家アンデルセンがいる。そう、ここは豊饒の国、バターとミルクの国、平穏と快適の国だ。そう。しかしここでひとつ教えてほしい。なぜこの国は自殺率が世界最高だと言われるのか？　それは、ここが、満ち足りて落ち着いた人たちのための国であるせいではないのか？　この国はおそらく、不幸な人たちには向かないのではないか。彼らはおのれの不運を恥じるあまり、死を選ぶのだろう。

さて、他にもまだある――それはデンマークの森だ。実際には森ではなく木立である。橅《ぶな》の木立、オークの寺院、榛の木の群、縮れ葉の公園、古代の木々が作るケルトのドルイド教の祭壇。それは、恋人たちの木立、拝礼の木立だが、森と呼ばれる、あの大きくてざわめく事物の根元ではない。ここは、すべてにおいて、穏やかでやさしい、親切で平和で品のよい国である。いや、国と言うよりは、大きな上等な荘園と言いたい――この荘園は、創造主ご自身が御手《みて》を下され、その品格を高め、人の手によってみごとに経営されるようになさったのだ。

コペンハーゲン

あまりにも大きな、あまりにも利発な頭を持った農民の子供——それがデンマークである。想像してほしい、人口百万の首都が、わずか三百万の国民という体の上に載っかっているのだ。きれいで、きちんと保存され、活発で広々とした、王様の都市。百年ほど前には、まだコペンハーゲンの町は夜になると錠で閉鎖され、デンマークの王様は、町のそれぞれの門の鍵を受け取って自分のナイトテーブルに納めた、という。今日ではもう町の門はなくなり、コペンハーゲンは〝北のパリ〟と呼ばれている。(ロフォーテンとヴェステローレンでは、トロムセを〝北のパリ〟と考えているが、それらの間には何か別の関係がある)。今日のコペンハーゲンは、気楽な都市、いや、自由放縦の都市とさえ言われている。そのため、この町も悪しき結末を迎えるだろうと予言されている。じつはこの町には、ある王様の騎馬像がある。この像は鉛で作られており、鉛の王様の下になっている鉛の馬は少々くたびれていて、その下《した》っ腹《ぱら》がゆっくりと確実に地面に近づいてきている。その部分が台座に接触する時、コペンハーゲンが崩壊する、というのが巷の噂なのだ。実際にわたしは、この像の下のベンチに、老若の男女が夜遅くまで長時間座っているのを見た。おそらく、その崩壊の兆しを待っていたのだろう。

コペンハーゲンと言えば、まずコペンハーゲン陶器が連想される。しかし、この地には注意すべきものが他にも数多くある。特に——。

1. 自転車乗りの男女。ここにはオランダに負けないほど多くの自転車乗りがおり、全員が一団となるか一つの流れとなるか、多かれ少なかれまとまった組になって、町の通りをびゅんびゅん走っている。自転車はすでに交通機関を超えた存在であり、ここでは、地・風・水・火という四大元素と並ぶ元素になっているのだ。

2. 婦人服の店。コペンハーゲンほど、多くの婦人服の店がある場所を見たことがなかった。それはまさに、プラハの居酒屋か北極圏の港町のカフェのような、集団的現象である。

3. 町の通りに警官の姿がないこと。「われわれはお互いに、自身で自身に気をつけよう。」

4. 大きな熊毛帽をかぶった王宮の護衛兵。わたしは十二人の護衛兵を見たが、堂々たる光景だった。「ごらんなさい、ここには」とガイドが誇らし気に指し示した。「わが国の軍隊の半分がいます。」

5．芸術品のコレクション。フランスの彫刻家たち、すなわちファルギエール、カルポー、ロダン〔＊1〕の作品を見たいと思う人や、ポール・ゴーギャン〔＊2〕に興味のある人は、コペンハーゲンに行くべきである。そのすべては、ビールから生まれた。ここには大きなカールスバーグのビール醸造所があり、その利益の大半は、有名なカールスバーグ資金となって、学問と芸術を支援している。神よ、もし人々が、わが国で、芸術の繁栄を願ってビールを飲んでくれたなら、じつに多くの彫像と絵画になっただろうに！　ただ、カルル・ヤコプセンやオディリー夫人〔＊3〕がどこの国にも生まれるなんてことはあり得ない！　もしそうだったら、あまりにもすばらしい。

6．スヴェン・ボルベア〔＊4〕。この人物は新聞記者、作家、舞踊家、俳優、そして彫刻家で、イプセンとビョルンソン〔＊5〕の義息であり、細身の際立った人間で、ウィーン公会議（一八一四〜一五）の頃の外交官のような顔をしている。コペンハーゲンを見てボルベアを認識しなかった人は、チヴォリ公園の周辺と、ヴェステルボガーデからアマリエンボー宮殿（冬の王宮）あたりまで、何も知らず無駄に走り廻ったことになる。

しかし、にも拘らずチヴォリのことには触れておきたい。なぜなら——

7. チヴォリはコペンハーゲンの中心となる町で、ぶらんこ、射的、噴水、居酒屋、娯楽の町、子供たち、公園、そして一般人たちの町、大きな遊園地で、その人気や庶民的率直さ、素朴で陽気な村祭的な盛り上りという点において、おそらく世界で随一だろう。

8. その他にまだ何か？　そう、運河と魚市場、王宮、そして薄明りの夜中にアコーディオンの鳴り響く船乗りたちの酒場、商業王たちの尊敬すべき古い家々、ルーン文字〔＊6〕の刻まれた石、店頭売りのプリント既製服を着た陽気な娘たち、太った健康な子供たち——。

9. そう、チーズとミルクで養われている太った健康な子供たち。ここに描かれた、明るいデンマーク風の家に住むコペンハーゲン娘のアネッケが見本である。

10. さらに、物乞いがどこにもいないこと、生活の悲惨さという汚点が、まったく存在しないこと。往時、クリスマスの間、頭上に屋根を持たぬ人たちは、デンマーク全体でわずか十六人を数えるのみだった。そして、きみを不信の目で見る人など誰ひとりいない。酒場でウィスキーを注文すると、一壜丸ごと持ってくる。飲んだ後に何杯飲んだか自己申告すればいい。それでいいんだ。ここは住み心地のよい場所だろうな。だが本当のところ、諸君、わたしたちはすぐに立去る、ただ旅のついでにいるだけだ。皆さんご機嫌よう。

11．さらにロンゲリニーの通りを最後に散歩し、北の地の薄明りの夜に、光輝く汽船がイェーテボリへ、またはマルメから、海を渡って行き来するのを見る。不思議なことだが、人は常に港を出ていく船と、遠ざかりゆく岸辺をうらやむものだ。

さらにヘルシンゲル、つまりハムレットのエルシノア、そしてクロンボー城〔＊7〕。そして、真珠色に輝く海に面するデンマークの岸辺、赤い蔓薔薇《つるばら》の洪水の中に浮かぶデンマーク風の茅葺《かやぶ》きの小屋、樺の木立と褐色の牛の群。あらためて見ると、ここはクロンボー城かエルシノアか。本当にここは、あのメランコリックな王子にふさわしくは見えない。ただ、おそろしく大きいのだ。あの国王の亡霊が現れた稜堡《りょうほ》の上には、今は八門の大砲が配置され、デンマーク兵が一人、こわい目つきで対岸のスウェーデンを見張っている。以前はここは税関で、海上税を徴収していた。今日では、たまたま軍艦が通航する時に、ただ礼砲を発射するだけだ。ここではもはや戦争は起こるまい。

このようにして、もうスウェーデンの岸に着く。あの対岸に低く青く見えた所だ。

そして、うやうやしくデンマーク流に、わたしたちの背後に残る、やさしく心地よい国に挨拶を送ろう。かくて〝生命の水〟アクアヴィット〔＊8〕の杯を挙げ、唇を固く結び、瞳を凝らし、心中に深き想いの生まれ出ずるごとくに、限りなく真剣な眼差しになろう。その上で、強く、熱烈に、そして何かうっとりとしたように、スヴェン・ボルベアの目を見つめ、「スコール！」と乾杯の辞を唱え、優雅におじぎをして、アクアヴィットをのどに流し込む。それは結構難儀なことである、特に何回も徹底的にやられる時には。そしてなお、誠実な巡礼者は、思わず呻きたくなる、登りがたきデンマーク独特の山を、長く思い出すことになるだろう。それは食べ物の山々であった。

＊1　アレキサンドル・ファルギエール（一八三一〜一九〇〇）、ジャン＝バティスト・カルポー（一八二七〜一八七五）、オーギュスト・ロダン（一八四〇〜一九一七）。いずれもフランスを代表する近代彫刻家。
＊2　ポール・ゴーギャン（一八四八〜一九〇三）。フランスの画家。
＊3　カルル（カール）・ヤコプセン（一八四二〜一九一四）。デンマークのビール会社カールスバーグの二代目で、学問学芸の保護に努めた。オディリーはその妻。
＊4　スヴェン・ボルベア（生没年不詳）。劇作家。ナチの共鳴者としても知られる。
＊5　17頁＊5を参照のこと。

＊6　古代ゲルマン人がギリシア文字から作り出した直線形文字で、北欧の遺跡などに残されている。

＊7　ヘルシンゲルには、シェイクスピアの『ハムレット』の舞台となったクロンボー城があり、英名エルシノアとして有名。

＊8　アクアヴィットはジャガイモを主原料とした蒸溜酒で、デンマーク、スウェーデン、ノルウエー、ドイツで製造されている。語源は、ラテン語の Aquavitae で、ウィスキー同様「生命の水」の意。

II　エーレスンドの対岸

エーレスンドの対岸

デンマークからスウェーデンまでは、ほんの一跳びである。特に、コペンハーゲンからマルメへ、またはヘルシンゲルからヘルシンボリへの、先に述べた跳躍の場合がそうだ。にも拘らず、スウェーデンの地に到着するや、内容豊富な質問票に答を充塡しなければならない——あなたが誰であるか、どこで生まれたのか、なぜ生まれたのか、そもそもスウェーデンで何をしたいのか。おそらくそれは、公的に情報を得るためのものだろう。つまり、あなたは、下部スウェーデン諸州を征服するためにやって来たデンマーク王ではない、ということ。歴史上、そのような征服が習慣的に行なわれていたのである。

この地では、かつてデンマーク人たちがエーレスンドの両側を支配し、やはり先に述べたように、海上で、商船から税金を徴収していた。そんなわけで、海峡のこちら側もあちら側も、あまり目立った地域差はない。おだやかで心地よい平野――それは牛糞のように平らだと言われないように、こちらではちょっぴり波打っている。牧場に集う白黒まだらの乳牛の群、樹冠の中に埋もれる教会のぎざぎざの塔、大きな羽根のついた風車、白い小さな家、何百年も経たオークの木立に包まれて点在する農場――そして、ミルクではち切れそうな乳房、小麦、肥沃な牧草地に対する、神の恵みの豊かさ。だが突然、白い家の代りに、赤く塗られ、窓と切妻のまわりをきれいに白くふち取りした建物が見える。白樺の幹がきらきらと光る。白樺はますます数を増し、黒い森もますます数を増す。白い幹の白樺と赤く塗られた農場。木の茂る大小の丘で褶曲《しゅうきょく》する台地。そして、ここかしこ、至る所でその大地から顔をのぞかせる巨大な花崗岩。花崗岩はますます数を増す。思うに、この地をデンマーク人が支配したことなど決してなかったに違いない。もし支配していたなら、ここにこんなに多くの巨大な花崗岩はないだろう。デンマークには、古代の英雄たちの古墳を除けば、巨大な花崗岩はないのだから。かくて、ここスウェーデンは、花崗岩の国である。

黒い花崗岩と緑の牧場、黒い森と白い樺の木、白い棟《むね》の赤い家、白黒まだらの牝牛、黒い烏、黒と白の鵲《かささぎ》、銀色に光る水の面、黒い柏槙《びゃくしん》と白い下野草《しもつけそう》の花――黒と白、赤と緑。ますます数を増すあの花崗岩――ここでは海の中に散在し、そこでは森の中にまぎれ込み、あそこでは牧場やライ麦畑の地中から忽然《こつぜん》と顔を出す。家のように大きな迷走する巨石たち、重い玉石や氷に洗われた花崗岩の石垣。石ばかり、だが岩山に成長したものはない。ただ折り重なり積み重なり、山の形になった大石の堆積があるのみで、いいですか、これはまさに物の本に書かれている堆石《モレーン》なのだ(*1)。この土地を形成したのは氷河なのである。デンマーク側には、あの下のほうにちょっぴり沖積層が残されていて、ことの次第を示している。しかし、それは単にカンブリア紀およびシルル紀の地層だ。ところがあなた、ここスウェーデンにあるのは最古の大地なんですよ。白亜層や砂岩は、一体どうしたらいいんだ！　おぼえているかい？　子供の頃、故郷の森の中で、巨大な花崗岩によじ登ったことを？　あそこでも、氷河が石をばら撒いたんだ、と言われていた。ここでも故郷と同じように、わたしたちは原始林ならぬ原始石の山の中にいるのだろう。

わたしが確かめたかぎりでは、花崗岩がスウェーデンで役立つのは、一つには、新石器時代からの古墳や陵墓の建築用、一つにはルーン文字の彫刻用、そして最終的には家の庭や小さな畑の低い塀や垣根用としてである。森の中のそうした畑には、石ころがころがっていたり、柏槙が生えていたり、頑固な草や苔が枕代りになっていたりするが、そのまわりには、(旧石器時代に)巨人たちが集めてきて積んだような、低

い石の塀があるのだ。しかし、人が住む家に関するかぎり、冷たい石造りではなく、暖かくて香り高い木材で建てられている。

何度説いても飽きることはないが、赤と白でふち取られたスウェーデンの家屋敷は、この豊かに広いスウェーデン全土にわたって、限りなく画一的であると同時にかくも無限に多種多様で、楽しみをそそるのだ！　森の中のこの上なく小さな木樵《きこり》の小屋も、この上なく広く豊かな大邸宅と同じように木材で建てられ、同じように赤と白で塗られている。しかし、この世に同じ人相が二つとないように、わたしが旅の途中で挨拶した何千ものスウェーデンの農家の中で、同じ農家を二軒と見たことはなかった。どの家も、住居の内部、馬小屋、牛小屋、納屋、干草置場と馬鈴薯《じやがいも》の貯蔵庫、乾燥炉と離れ家、物置小屋と鶏小屋など、それぞれ構成が異なっている。それぞれの家が、異なる形の屋根、軒端、切妻、ポーチ、そして屋根窓を持っている。この地で、ほぼ尽きることのないファンタジーが湧くのは、その窓の作り方だ。前面をどうまとめるか、またはばらつかせるか、枠をどうするか。広さや高さはどうするか、四角か三角か菱形か、または半円形か、二つにするか三つにするか。ずっと農家を描き続けたいところだが、赤、白、緑の絵の具がなければ適当ではない。おまけに、閉じられたり、建て増しされたり、別棟が付く家々は、ひどく展望困難である。それゆえに、スウェー

デンの農家よ、きみらをそのままに、牧場や花崗岩の垣根や柳や老いた木々に囲まれたままにして、何か他のもの、たとえば森とか湖に目を転じなければならない。ただもう少し言っておきたいのは、この地では農民たちが、世界の他のあらゆる場所とは全く異なるやり方で干草を干しているということだ。つまり、山羊の背に似たような形にして杭に張られたロープ、または横にわたした棒の上に、干草をかけるのである。さらにスウェーデンでは、ライ麦の束《たば》も杭にかけて干される。それは多分、当地にはあまりにも多くの木材があり、また大気中の湿度が高すぎるからだろう。

さて、この場でただちに、主要であり最大である単語を口にしよう。それは、森、である。スウェーデンの地は、その十分の六が深い森に覆われている、と言われている。だがわたしは、ここの森はもっと多いと思う。そしてこれらの森は、北で植物がどのように成長するのか自然が初めて実験をした時、その最初の五十年か百年の間に茂ったものだろう。この地は、そう言いたくなるほど、奔放で自主独立的なアイデアが豊富にある。とは言うもののそれは、神のみぞ知るわけのわからぬ物がここで成長している、ということではない。ここにあるのは、ドイツ唐檜《とうひ》と樅《もみ》、松、樺と黒い榛《はん》の木に限られている。いや、柏槇は言うまでもないが。そのように限られており、どこまでも常に同じだが、ほら、それに見飽きることはないし、また、これらの植物全

体の様子を見通すこともできない。くるぶしまでの苔、ひざのあたりまでの苔桃《こけもも》、そしてほとんど腰までの羊歯《しだ》。柏槙の黒い焰、白樺の白い珊瑚《さんご》、原始林のような落枝と倒木、地面まで垂れ下がる緑色の重い下枝。空中にばらまかれた種子から育ち、古いけれども常に新生し、自力で猛烈に広がっていく、無限で勝手な浸潤を許さぬ深い森は、それほどまでに厚く茂り密度が濃く、もはや全体が一つの塊りになっている。下生えはなく、棒状の物、杭状の物で成り立ち、それはわが国にあるような古い森なのだが、すべてが一体になっているのだ。白樺、松、ドイツ唐檜の団塊《かたまり》。原始林の集積、森の文化、北欧の密林、おとぎ話の森、妖精と巨人の森、真正のゲルマン風の森、木材の巨大な工場——さらにここでは、ひげを生やした長い鼻面の、シャベルのような大角をつけたヘラジカが走り廻る。そこに、狼や赤ずきんや、

一角獣などの野獣が姿を現わさないとしたら、それは大いに不思議なことだ。

黒い花崗岩、白樺、赤い農家と黒い森——それでも第一印象を完全なものにするためには、銀色の湖が欠かせない。湖は、森と森の間に、時折光って見えるが、この上なくさまざまな大きさと形をしている。ある時は黒いプールが泥炭の中に寝そべっている。次にはまた、長い銀色の刃のような姿が、監視されることもなく暗い森の塊りの中に突き刺されている。銀色の柳の中の湖が、明るい白い雲を映しながら、睡蓮《すいれん》や黄睡蓮をあちこちに浮かべている。湖面に漂う、幸せな木立のような小島を載せて、さざ波を立てる湖。花崗岩と深い原始林との間の、鋼鉄のような冷たい湖面。そして、汽船や帆船の畝《うね》のような航跡を引いて、あのどこかに通ずる銀色の水平線を伴った限りなき水の広がり——皆さん、この世界の何と大きなことか！　そして再び、その世界は、両側の高い木々の森によって閉じられ、頭上には辛うじて一条の空が残る。そして再び、輝く湖の広刃の斧が振り上げられ、空、遠望、光と煌めく輝きの場所を作る。狭い、銀色の川の刃が森の中に切り込み、蓮の花が咲く湖の滑らかな鏡が光る。赤い農家が静かな湖面に影を映し、銀色の白樺と黒い榛の木、黒白まだらの牝牛が苔のような緑色の岸辺にたたずむ——神は讃むべきかな、ここでは再び、人間と牝牛と鳥が、深い水と森の平坦な岸辺で生活しているのだ。

＊1　モレーン（堆石）とは、氷河で削りとられた岩や土砂が堆積して出来た、土手状の地形のこと。

ストックホルムとスウェーデン人

ストックホルムについては、次のようである——そこでは、まさに町のど真ん中に橋がある。世界のさまざまな有名な橋と対比してみれば、ただの橋なのだが、次のような特殊性がある。すなわち、橋の一方から流れ出る水が、ただちに、ヴィケン（湾）、フィエルデン（フィヨルド）、スンデット（海峡）、シェーン（潮）、ホルメン（島）を形作り、それはバルト海になっている。そして橋の反対側から流れ出る水も、何百キロメートルも続いて、さまざまな海峡、淀み、潮流、フィヨルド、湖、湾、島を形成している。それらすべてが一体となって、メーラレン淡水湖と呼ばれている。そしてストックホルムは、これらの島々の上に、いくつかの部分に分かれて建設されている。だから他所者《よそもの》には、その瞬間、自分が大陸の上にいるのか島の上にいるのか、または単に岬の上に立っているのか、海上なのか淡水湖の真ん中なのか、まるで見当がつかない。これらの大小の島々で、海上はるかな位置のものはシェーレン（離れ小島）と呼ばれる。その数は多いので、スウェーデンの裕福な人たちは、誰でも自分自身の島とモーターボートを持ち、自ら所有する浜の波打際で海水浴することができる。これらのモーターボートはまるで蠅のようで、しょっちゅう何台かがぶんぶんとうるさく熱っぽく、三十本もの松と家族の家のある、岩だらけの島に向かっていく。ここでは郵便配達人は苦労しているに違いない、毎日船で島廻りをしなければならないのだとしたら。

ストックホルム自体は、活発できちんとした、見るからにかなり豊かな都市である。数多くのブロンズ像の王様、自転車乗り《サイクリスト》、ほとんどすべてが超人的なサイズの、格好よく脚の長い娘さんや青年たちがいる。完璧な人種なのだが、それについて人種的にどうこうとは何も言わない。大部分は背が高く金髪で、広い肩と締まった腰をもつ人たちである。そして大体は物静かだ。ここでは自動車が警笛をぶうぶう鳴らしたり、運転手が大声で罵ったりしない。各人が、自分と他人に注意せよ、挨拶をし、騒ぎを起こすな、というわけだ。さらにここには、海上に置かれた巨大な正方形の重しのような王様の城がある。スウェーデンの詩人カルル・ミハエル・ベルマン（一七四〇～九五）にちなむセラーでは、エピキュリアンだった詩人の思い出に、今日でも佳肴美酒を楽しめる。また、ユールゴーデン島には、そのベルマンの思い出に、オークの老木が立っている。スカンセン（野外博物館）には、古い小屋と風車があるが、それらは大陸部のスウェーデン全土から、民族衣裳の老女、北極熊、アザラシ、鮭、トナカイと一緒に移送されてきたのだ。北方民族博物館には、彩色され彫刻された民芸品が、ありあまるほど収蔵されている——その加工には、北の長い夜を要したに相違なく、その間、人はジャックナイフを手に取り、木を削り、たとえば糸車のペダルを彫刻し、やすりをかけ、遂にはレースのように細やかに微妙に仕上げている。農民の部屋の壁には、色鮮やかで絵画的な長いベルトがかけてあり、スカンジナヴィアの長い夜の間でも、人々のパレードに逢うことができるのだ。いかなる創造性が、人間の本性に潜んでいることか！　描かれ彫られ、削られ縫われ、織られた品物から、いかに素朴な喜びが得られることか！　フィジーの島々から極圏に至るまで、これは実際に同じである。人はただ生きる糧を得るためだけではなく、世界を活写し、その美と自らの喜びを生む品物を創造するために存在するのだ。だが今日では、人はもはや装飾品や人形を彫刻することもなく、自分のオートバイの手入れをするか、新聞で教養を得る。何を望もうとも、それは進歩だ。

それから、ここには巨大なエーストベリ市の市庁舎があり、それはわたしがこれま

でに見た最大の現代風で豪華な建物で、実に偉容に満ちた大広間を持ち、そこは、神への奉仕か世界会議か、果ては何かの経営会議にふさわしいとさえ思える。すべての窓に、オレンジや青や赤の女侯爵が描かれている明るい街路、そして隣人が隣人を窓から直接のぞけぬように、ハーモニカの形に建てられた家が整然と並ぶ労働者地区。森の中には別荘地があり、そこではそれぞれの別荘に陽気な旗がひらめき、それぞれの庭園に子供専用の小さな家があり、子供たちが自分の世界で遊べるようになっている。そして電話が完備し、今が何時かお天気がどうかをいつでも教えてくれ、好きな時間に起こしてくれ、家へ帰った時には伝言を伝えてくれる。新しい橋と新しい道は多いが政治的論議は少なく、口輪なしの犬たちとお化粧なしの娘たち、警官なしの街路、鍵なしの浴室、制止柵なしの門、見張り番なしで路上に駐車された自動車や自転車、永続的な恐怖や不信のない世界、それがここにある――。

とりわけ一番不思議なのは、あまりにも長い北の昼間と白夜であり、床《とこ》に就く気にならず、もう昼間なのかまだ昼間なのか、人々がもう動き出しているのかまだ動いているのか、それもわからない。暗くなることもなく、ただ薄ぼんやりと半透明で夢まぼろしの状態になるだけだ。完全な闇ではなく、わけのわからぬお化けじみた光で、それは出所《でどころ》がつかめず、壁とか道とか水から現れるような気がする——。

そこで、声を抑え、ただずっと座り続ける。

＊

ずっと座り続ける、そのわけは、スウェーデンではそれほどに厚いおもてなしを受けるからだ。その家の女主人が客たちに、お飲みなさいと次から次へとお茶のカップを手渡しするかぎり、床に就くわけにはいかない。土地の習慣に従えば、女主人の右手の席に着く客は、もてなし役を賞めたたえる乾杯の辞か演説を述べるのが義務であり、一方その家の主人は、お返しとして、できるかぎりすべての客を賞讃する。客たちは、食後にナプキンをテーブルクロスの上に置くや否や、鵞鳥の行列となって女主人の所へ食べ物の礼を言いに行く。その習慣は、飢饉の時代から保たれているものだそうで、何世紀からなのか、わたしは知らない。だがずっと昔のことに違いない。なぜなら、今日では飢饉の時には、もはや食べ物をほどこすのではなく、逆に売りつけるのだから。全体的に、スウェーデンでは人々が儀礼的なものにこだわっているように思える。本当におそろしく勿体ぶって、何か自然から浮いてしまっている。わたしは、この地のチヴォリ公園で、広い青空の下、ハバナから来たキューバンジャズが演奏されるのを見た。ストックホルムの人たちは、このクレオールの道化者たちのバンドを前に、まじめに押し黙って、まるで教会で日曜の説教を聞くような態度だった。わたしは、人間の仲間として一番小さくはない。だが、これら長身で無口なスウェーデン人たちの間に入ると、まるで森の中で道に迷った子供のような気がした。またわたしは、庭園レストランへ客が大勢押し寄せるのを経験した。人々はヨーロッパのように場所を争って口論したりせず、列を作って辛抱強く、何となく権威に満ちた高官風の人物が空席に案内してくれるのを待つ。すべてにおいてこんなふうなら、この国では王様になることもそう難儀ではないだろう。紳士である人々を統治することは、たしかに最悪の任務ではないのだから。

わたしがスウェーデン民族とそのモラルや習慣を細かい点まで認識したとは、わたしには言えない。神のみぞ知る。しかし、外国人で旅行者として、いささかのもの、たとえば居酒屋とか道路とかは目にしている。その店が清潔で上等なことは、問題ではない。それはもともとわかっている。だが、その店に入って、フロコスト（朝食）

の代金として二クローナと若干のオーレを支払い、さて店の真ん中の大きなテーブルから、のどを鳴らして満足させる物を手にしたまえ——そこにあるのは、さまざまな魚、サラダ、ロースト、チーズ、パン、ハム、海老、蟹、ベーコン、バター、鰻、以前には知らなかった物などの数々だ。それから深皿に盛った何か温かい食物が運ばれてきて、それを食べ終えると再び皿一杯に同じ物が持ってこられ、あなたがおいしいと言うとひどく喜ぶ。あなたが、店の連中を貧乏にさせちゃったな、と思っていると、次に記念帳を持ってきて、感謝の思い出に何か書き込んでくれ、と頼む。悪魔にさらわれろ、身のほどを知らずに食い過ぎてしまったらどうするんだ。だが、ここで問題にしたいのは、胃袋に関することではなく、金銭の支払いには代えられぬ何かである。つまり、たまたま訪れた見ず知らずの人間に対する尊敬と信頼についてだ。

あるいは、道路。ここでは多数のハイウェイが建設中なので、絶えず野中の狭いでこぼこ道を迂回しなければならない。そこでトラックに遭うと、トラックはあなたに場所を譲るために、溝の中にまで入り込んでくれる。あなたを通過させるために、遠くからバックする自動車にも遭う。そしてその相手の運転手は、あなたを罵倒することなど少しもなく、片手を帽子のひさしにあげて挨拶をする。ハンドルを握る人は誰でも、ハンドルを握る人に行き交うと挨拶を交わす。いや、自転車に乗る人にも歩行者にも、一人一人に挨拶する。その人たちも、路上で埃を浴びせる車に対して、それぞれ挨拶をする。わたしは知っているが、これはほんの小さなことだ。旅人は路傍のやさしい花を摘み取り、それを小さな思い出として取っておこうとする。だが、全く未知の国で旅人が、ここは世界のどの場所よりも、ずっと多くの紳士と人間らしい人間がいる、と感じるなら、それは少しも小さなことではないかも知れない。

ストックホルム周辺

ストックホルムの周辺、それは主として海とメーラレン湖とその他大小の湖である。だが最初見ただけでは、何が何だかわからない。常に島、岬、湾、そしてまわり一帯は森また森ばかりだ。もちろんメーラレン湖はそれらの中で最大であり、わたしの知る限り四方八方にどこにでも顔を出している。ストックホルムからどこへ出て行こうとも、湖の湾が見えるが、それはメーラレンの四肢の一部だ、と告げられる。わたしがもしスウェーデン人だったら、わたしは、バルト海も、ノルウェーのハルダンゲルフィヨルドも、オランダのゾイデル海も、ラ・マンシュつまりイギリス海峡も、付属するすべてを含めての大西洋も、ジュネーヴ湖も、南アメリカのマゼラン海峡も、紅海も、メキシコ湾も、チェコのイェヴァニの池も、その他の河川・湖・海すべてを、メーラレン湖の岬か、その一部だと考えるだろう。メーラレン湖はそれほど大きく不

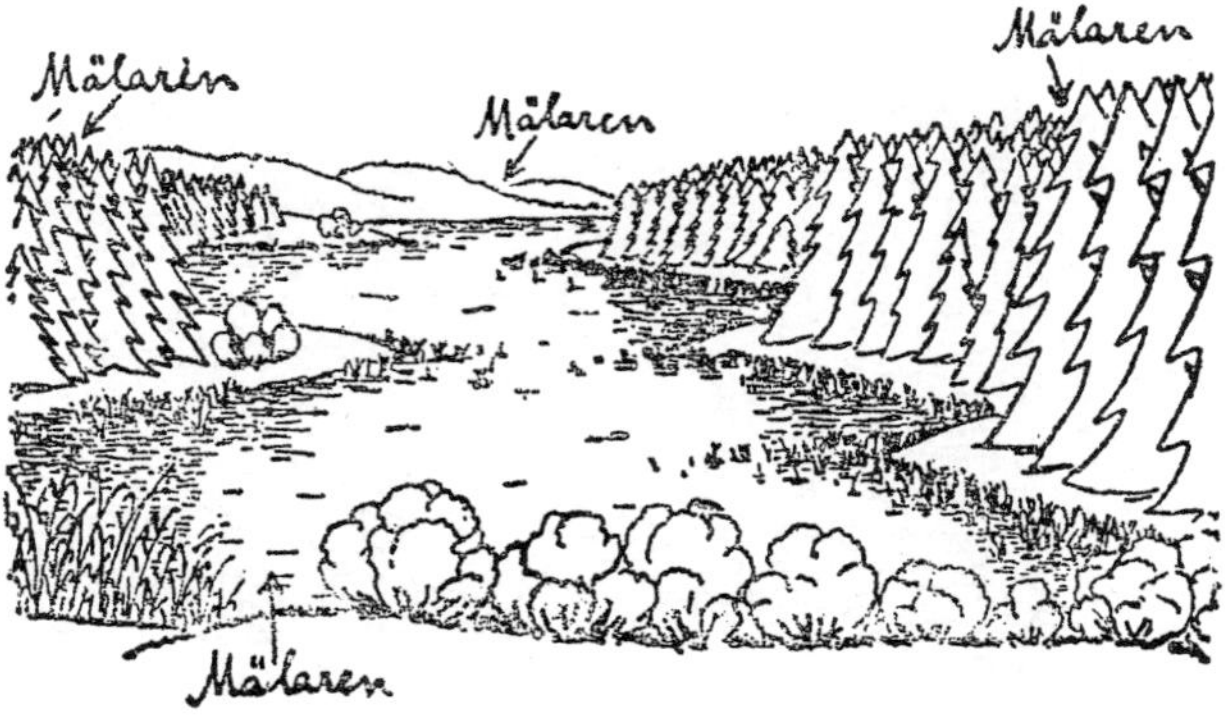
Mälaren
Mälaren
Mälaren
Mälaren

思議な水の連続体である。それが美しくもあることをお見せしようと、さまざまなその岸辺と島々と、それらに付属する植物、唐檜《とうひ》と松、柳、榛《はん》の木、オーク、葦と稲の仲間などの雑草、睡蓮《すいれん》、そして丸石を、一枚分描いた。

たまたまメーラレン湖の水がないいくつかの場所には、古い館がある。たとえばスコ修道院。それは古い私園のある巨大な私有の建物であるが、収蔵品展示のために公開されている。館の真ん前には、所有者・ブラーエ一族様のために、十メートル四方ほどの芝生がワイヤーで守られ、「私有財産」と書かれた札が立ててある。その下は、もちろんメーラレン湖。またはドロットニングホルム館。この館はヴェルサイユ宮殿に似ているが、もっと小さい。その私園の中には、噴水と、オランダの彫刻家アドリアン・ド・ヴリース（一五六〇～一六二七）作の彫像がいくつか立っている。これらは、ご存じのように、かつてはわが国のヴァルトシュテイン宮殿に立っていた。だが、ご存じのように、今から三百年前にスウェーデン人がわが国からそれらを略奪し、そして次にはデンマーク人がスウェーデン人から奪ったのだが、かれらはその後また、スウェーデン人に、返さざるを得なかった。それが歴史というものだ。さらに後になって、そこにはロココの劇場ができたが、それを建て、そこで演技し、そのために作品を書き、衣裳をデザインしたのは、奔放なるスウェーデン国王グスタフ三世（一七四六〜九二）である。しかし、ご存じのように、われわれ芸術家や作家が天寿を全うすることは稀である。グスタフ国王は、舞踏会の折に何某とかいう騎士に刺殺されてしまった。今日でもその劇場には、当時の装飾や演劇用の機械装置が保存されている。特に波浪《なみ》音発生装置はこれまで無傷で、今日にいたっても、最新式のわたしたちの装置にも負けぬほど音高く響かせる。そして今日でもそこには、各出演者用の衣裳部屋、衣裳簞司、舞台道具、時代衣裳が備えられ、休演中のどの劇場とも同じような、埃と空しさとすえた匂いを漂わせている。こんなにもよく保存されているのは、驚くべきことだ！　観覧席には玉座と何列もの座席があり、各列には誰のためのものか、標示がつけられている。外交官、宮廷婦人、侍従、お役人、お小姓、その他の人用。当時は人々が、今のように右か左かではなく、それぞれの階級に分類されていた。そして私園では羊が草を食《は》み、館の前にはもちろんメーラレン湖がある――またはシグトゥナと呼ばれる場所があり、そこには、ちょうど四つの教会の廃墟、高い国民学校の建物とメーラレン湖が控えている。ここは以前、王様の居住地だった。そしてこのような場所は数多い。

ウプサラ――ここにはメーラレン湖はないが、その代りに美しいオーク作りの大広間のある古い館とウプサラ大僧正の大聖堂がある。そこは、植物学者リンネ（一七〇

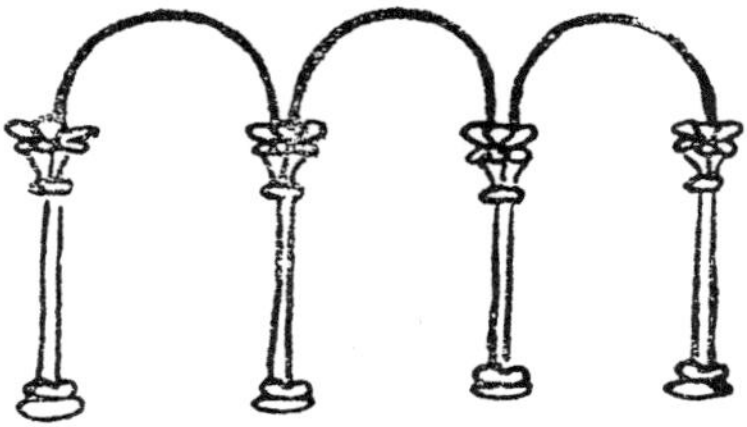

七〜七八）と哲学者スウェーデンボルグ（一六八八〜一七七二）が眠り、神学者で大僧正になったセーデルブローム博士（一八六六〜一九三一）が説教をした所である。（もはや博士は草葉の陰であるが、今日でもわたしの目には、博士がスロヴァキアの伊吹麝香草《いぶきじゃこうそう》の花咲く畝道《あぜみち》に座って、いつかは人々が理解し合えること、すべての民族にとって一つの教会、一つの神、一つの平和が存在するようになること、を主張している姿が見える）。そして、十三の〝民族〟――それはつまるところスウェーデンのさまざまな地域なのだが――のための学生寮のある有名な大学。わたしが希望するのは、かれらが真正の教養ある民族として振舞い、それぞれの間で、生涯分かちがたいまでの論争、永遠に続く対立と戦いを育むことである。さらに大学の図書館があり、館内にはこの世で最も貴重な本の一つ、ウルフィラ（三一一？〜三八二？）の中期ゴート語訳の聖書、『コデックス・アルゲンテウス』〔銀の古写本〕がある。この写本は

赤紫色の羊皮紙にすべて銀で書かれ、アーケードと列柱の絵で装飾されている。これもルドルフ皇帝（一五五二～一六一二）時代にわが国のプラハ城フラチャニにあったものだが、スウェーデン人たちが上等の掠奪品として持ち去ったのである。ありがたいことに、この地はまるで故国のようだ。ここの保管庫の中には、バネールやトルステンソンらスウェーデンの将軍たち、パッペンハイムやヴァルトシュテインら皇帝軍の将軍たち、スウェーデン王グスタフ二世、チェコの味方クリスチャン・アンハルツキー、スウェーデンの味方ヴェルナルド・ヴィーマルスキーら〔＊1〕が書いた手紙が納められている——そう、この人たちは、言ってみれば三十年戦争（一六一八～一六四八）の仲間たちばかりだ。こんなに古いなじみの知り合いたち、こんなに人気のある敵将たち。異国でこれらの人たちと出逢うとは、ただ嬉しいばかりである。

そして少し離れた所にガムラ・ウプサラ、古いウプサラがある。そこには、異教の時代にスヴェイの諸王の居住地があった。だが今日そこには古代世界を摸したレストランがあるだけで、そこでは、単にミョード〔英・ミード〕と呼ばれる蜂蜜酒を牛の角から飲む。それぞれの角には、その角で飲んだ人物の名が銀で刻まれている——わたしの角から飲んだのは、英国皇太子プリンス・オヴ・ウェールズその他の王族の人たちだった。多分そのせいで、あの蜂蜜酒はあんなに頭に来たのだろう。そのレスト

ランの前には、三つの〝王様の丘〟が並んでいる。それらは四階建てのバラックほどの高さで、六世紀からの記念碑とされている。旅行者たちはそれぞれの丘に登るが、またすぐ下へ降りてくる。上には何もないのだから。それだけの世紀分の歴史が、ストックホルムの博物館に持っていかれたというわけだ。

ここはもうウプレーン、ウプサラの周辺だ。リンネがさまざまな地の花を採集し、育て、分類した地域である。きれいな平野で、牧草地そのもの、木の柵の間に広がる牧場そのものであり、長い山羊の背の形にして干されている干草ばかりだ。この干草と草原の滑らかな一面の海の中から、あちこちに突出しているのは、花崗岩の島、板状の花崗岩と丸石、老木と赤い農家のある黒い花崗岩の丘である。当地では、どの農家もまるでお城のように岩の上に建てられている。おそらく、生きている土地を一インチでも減らさぬようにするためだろう。夕暮れになると、これらの赤い

家は、牧草地や庭園のモスグリーンの中で、パプリカのような朱色《ヴァーミリオン》に燃える。ここかしこ、自分からはるか離れたかなたに、人間の作った島が、空間と時間の広がりの中で、赤く輝く。申し上げるが、この世は美しいものだ。

そして、何か呪文をかけられたような花崗岩の丘がある。呪文のために、丘の上では赤い家が輝かず、化物のように風車が突き刺さっている。または妖精めいて、いささか恐しい柏槙《びゃくしん》の群が座りこんでいる。または千年も前のハラルドとかシグルド〔*2〕を記念するルーン文字の刻まれた石が立っている。スウェーデンは心地よい国だ。だが、場所によってはちょっぴり怖い。

*

スウェーデン国内で、野原や森を巡る。すると時々、道の脇に粗末な机があるのを目にする。何のためだろうか？　ここには、どこか一軒家に住む農民が、町の人のために、自分の牛の群から搾ったミルクの缶を置いているのである。あるいはここには、農民のために、町の人たちが小麦粉とか釘を運んできて、農民が暇を見てここへ取りにくる。さらに森の中の道端には、杭とか白樺の幹の所に郵便箱がぶら下がっている。そして一軒家の人たちが、郵便配達人がここに置きっ放しにする郵便物を取りにくるのだ。そう、とんでもない。スウェーデンは怖い所じゃない。ここにはお化けとか妖精とか、その他この種のいたずら者はいるだろう。しかし、この国では人間が人間を信頼している、とわたしは言いたい。

＊1　ヨハン・バネール（一五九六〜一六四一）、レンナート・トルステンソン（一六〇三〜一六五一）、ゴットフリート・ハインリヒ・パッペンハイム（一五九四〜一六三二）、アルブレヒト・フォン・ヴァルトシュテイン（一五八三〜一六三四）。グスタフ・アドルフ二世（一五九四〜一六三二）、クリスチャン・アンハルツキー（一五九九〜一六五六）、ヴェルナルド・ヴィーマルスキー（一六〇四〜一六三九）。いずれも三十年戦争で活躍。

＊2　ハラルドもシグルドも北欧神話の英雄。ハラルドは、ヴァイキングでノルウェーの王。シグルドは、「ニーベルンゲンの歌」のジークフリート。

Upplån

旅の途中で

ストックホルムからオスロまでの道は、主として湖で成り立っている。ただラクソーから数えても、トフテン、メッケル、それから巨大で静かなヴェーネルン、さらにヴェルメーレンとキルクヴィケン（そこはもうヴェルムランド、ゲスティ・ベーリング〔*1〕の国だ）そしてベリシェー、フラーゲン、ビーシェーと続く。特記すべきことに――このような、ヴェーネルンのように大き過ぎる湖は、原則的に何かロマンティックでない要素を、いわば現代的な要素を持っている。それは、その規模の大きさのせいだろう。ロマンティックな湖は、小さくなければならない。小さければ小さいほど、古めかしく、わびしく、おとぎ話っぽい、と言いたくなる、何となくそういう姿に見えるのだ。本当に、ヴェーネルン湖に棲む水の主は、何かの総支配人とか国の省庁の次官のような称号を持つべきだろう。このヴェーネルン湖は、それほどに大きな企業

なのだ。しかし、ここには、空を映す鏡のように滑らかな湖、深い森の中の底なしの湖、そして長く細い川のような湖もある。

そうだ、そして川、すなわちスウェーデン語でいうエルヴは、ゆるやかに黒い森の中に切り込み、ゆっくりと、永遠であるかのように、切り倒された木の丸太を運んでいく。そして森は、川に沿ってゆっくりと、限りなく、止まることなく満たされていくように見える。

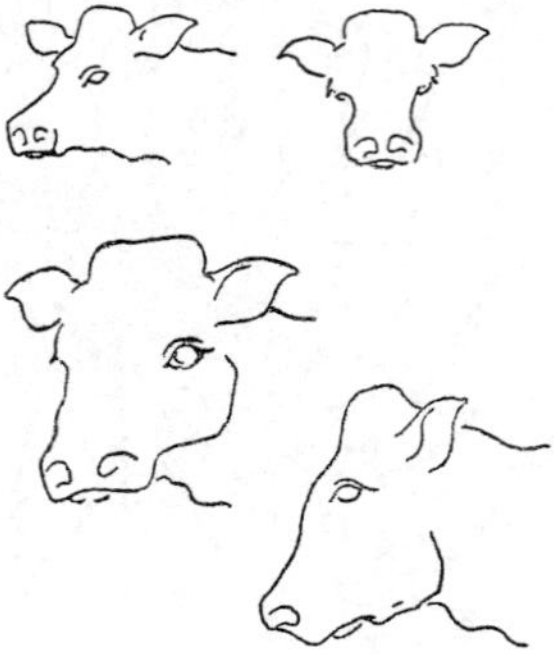

やがてエルヴとトンネルのかなたにノルウェーがやって来る。山と岩が、そして角

のないノルウェーの牛が。わたしはすでに、スコットランドの毛深い牛を、湖水地方の巨大な菫《すみれ》色の牛を、スペインの黒い牡牛を、アルプスの赤白まだらの子牛を、ハンガリーの白い牡牛を、豆のように黒い点々のあるオランダの牛を見たことがある。だが、角のない牛を初めて見たのは、ここスコッテルドの近くのどこかだ。牛たちは小さく、褐色で、骨ばっている。角がないので、憐れにも無防備に、ほとんど困り果てているように見える。そして、わたしがこれまでに逢った他のどの聖なる牛よりも、もっと穏やかな眼をしている。

それで、もはやここがノルウェーだ。国境の向う側と同様な森があるが、強風のためにどこかもっと打ちのめされており、苔の代りに白っぽい地衣類が地表を覆っている。向う側と同様な湖があるが、岩場に沈み込んで、何かもっと悲しげで恐しげだ。国境の向う側と同様な山があるが、もっと高くもっと険しい。あちら側と同様な谷があるが、もっと深い。あちら側と同様な樺の木があるが、もっとざらついていてもっと太い。あちら側と同様な花崗岩があるが、もっと重い。うん、そうだ、山だ。わたしたちは今、山の中にいるのだ。

そして、国境の向う側と同様な丸太小屋があるが、もっと貧しげだ。垂直の板で建てられるのではなく、水平の梁で構成されていて、そこの岩のように褐色や灰色であ

る。底から湿気を吸わぬように、ただ土の上にではなく、石や木の足場の上に建てられている。そして全体を、タイルや屋根板や茅《かや》で覆うのではなく別のもの――実際のところ何だろう？　切り芝か泥炭か？　いまだに正確にはわからないが、厚く茂った苔とか草とか柳の枝、いやそれどころか丸々一本の唐檜《とうひ》や樺だ――で覆う。ここでは、森も人間も屋根の上で育つ。

こちらでは至る所で、丸っこい丘の麓に草や水草が生えている。そこは岩ではなく泥炭層で、やたらに掘り返され、泥炭が乾かされている。人間は生きるために何でも使うが、花崗岩だけは駄目だ。角のない牛は湿地の中をぱちゃぱちゃ歩き、硬い草の上では、ぽちゃぽちゃした、苺色で黒いたてがみの、黒い尻尾と黒い鼻の穴を持つ馬が、人には目もくれず草を食《は》む――不思議な国だ。緑

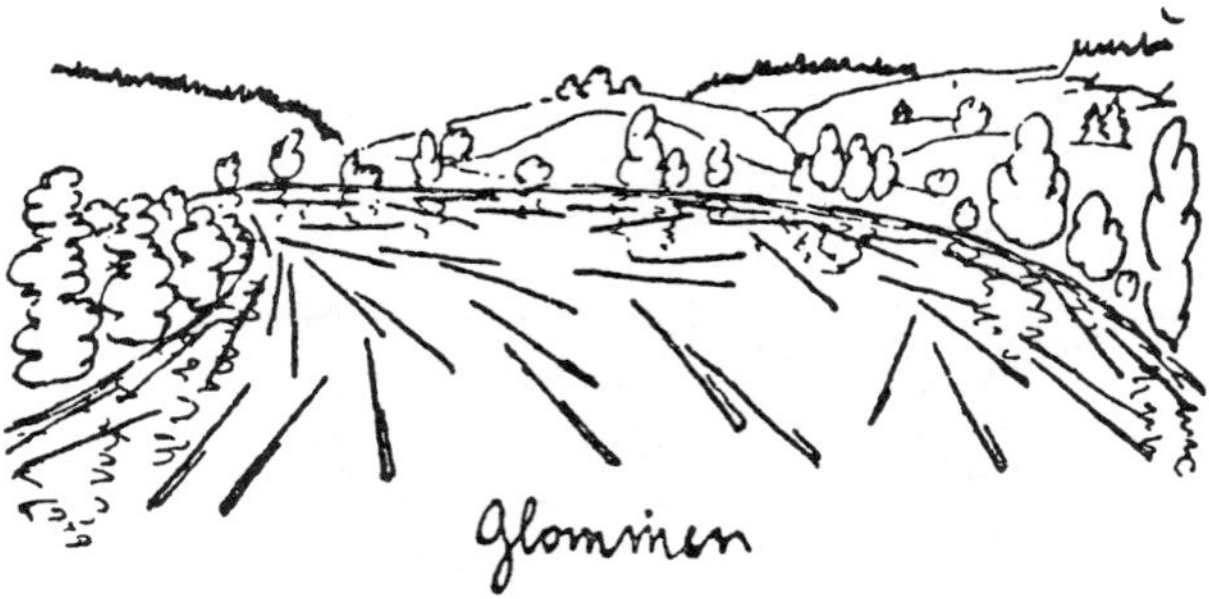

の荒野、と呼びたい。だがやがて列車は、拓けた低地に降りていく。そして湖、あの広い静かな湖、その上を動きもなく丸太が一面に覆っている——それがグロメン川である。

そしてグロメン川に沿ってさらに下ると、牧場と人間の地域が教会の尖塔の下に広がり、緑の山腹と炭坑を経て、赤い屋根の小さな町々を通り、最後に山の背の間に銀色に輝くものに到着する——オスロフィヨルドだ。

＊1　スウェーデンの女流作家ラーゲルレーヴの同名作品の主人公。

Ⅲ　ノルウェー

オスロ

今日のヨーロッパの情勢を考えると、旅人が前もって知っておくべきことは、まずは旅先の町でたまたま内乱やクーデター、あるいは国際会議がないかどうかであろう。わたしたちがストックホルムに着いたばかりの時、そこではもう救世軍の国際会議の風が吹きまくっていた。町中の通りを、どことなくお固い感じの、しかし健康そうに見える紳士たちや老嬢たちが、藁帽子《ハット》を頭に載せて、誰かをどんなふうに救ってやろうかと鵜の目鷹の目で駆け廻っていた。そこでわれわれはノルウェーに退散したわけだ。だがオスロに一歩入るや否や、日曜日に重なって、日曜学校の先生たちの世界会議が勃発した。すると世の中がどんなになるか、ご想像もつかないことだろう。オスロ全体が美徳の騒ぎとさえずりの洪水に襲われた。一瞬ごとに誰かがわたしに、クリスチャン的な忍耐を示してほほえみかけ、わたしが神への礼拝に行くのかどうか英語で問いかけてきた。カール・ヨハンスゲートにはイプセンはおろかビョルンソンの精神もなく、吹いているのはただアングロサクソン教会の礼拝集会の精神だけ。わたしが恐れたのは、しかめっ面のイプセンまでも、劇場の前に立つ柱の所で頭を上げ、隣人に及ぼす愛とかそんなことを説教し始めることだ。だがイプセンは、頭を上げず、何かに腹を立てているようにはまったく見えなかった。ビョルンソンは明らかに、もっとよく堪えていた。わたしはオスロで、こんな疑問への答を探した――こんなに小さな、わたしが判断できるかぎりでは、貧しくもある民族が、そしてこんなに大きくもない、わたしが見たところでは、十分に平凡でもあるオスロの町が、こんなにも偉大で驚くべき文学を自力で生みだしたとは。どうしてだろうか。与えられた情況下では、わたしにはその答を見つけられなかった。そして今、以前よりもっと不思議に思っている。

そしてもう一つ、別の疑問がわたしの頭をぐらつかせていた。それも文学に関するものだが、主に言語のことだ。いいですか。実際、ノルウェー人は三百万もいない。それなのに二つも三つもの言語でものを書き、そのどれもが実際にはまったく生きた言語ではない。リクスモールは都会の言語で、それは古いデンマーク語であり、歴史的、役所的、文学的な言葉だ。ランスモールは本来、古ノルド語〔＊1〕で、農民の言語であるが、国の南西地方でのみ用いられ、おまけに人工的に作り出されている。本当に、何ダースものさまざまなランスモールが、それぞれ異なる谷間で話されている〔*2〕。そしてビモールの運動があるが、これはリクスモールとランスモールを統合しようとするものだ。正書法の改正が提案されているが、それに従えば、リクスモールをランスモール風に書くことになる。学校ではランスモールかリクスモールか、その公共体が決めたところに従って学習する。作家たちは、ハムスンやウンセットのようにリクスモールでか、オーラヴ・ドウン〔*3〕のようにランスモールでか、あるいは他の言語で書く。おわかりいただきたい、たった三百万の民族にとって、これはいささか複雑だということを。わたしの印象では、言語問題におけるノルウェー的な美しい寛容にも拘らず、この点について、この勇壮で強力な小民族は完全にそれで良いとは感じていない。実際に、われわれチェコスロヴァキア国民も、自分なりのやり方で似たような心配を抱えている。ただわが国では、言語または方言の問題は好んで公式化され、民族的・政治的な原則的差異と受取られている。しかし、文学にとっては別で、わたしの考えでは、ノルウェーの言語状況から一つの教訓が生まれる。——言語が、その時代に話され考えられるような、生ける民族の母語となるように、そしてエリートか一般大衆か、町か田舎かを問わず、民族全体の言葉となるように、作品を書くこと。わたしは、これが容易でないことを知っている。だが、それだけ努力するからこそ、文学は芸術と呼ばれるのだ。文学は、人を魅惑し奇跡を起こし、経験と言葉と感性の糧を、いわば肉体に対するパンや魚のように、心の荒野にできるだけ多く与えねばならない。そして多くの人に語りかけねばならぬとしたら、多過ぎるほどの言葉と方言を話さねばならない。そのようにして、あらゆるランスモールと古い文学の記念物、そしてあらゆる人々のために書かれ話されたすべてのものの、燃える言葉がかれらの上に降りてくる。なぜなら文学は、言葉を通じてこの世のさまざまな宝庫を開けるように創造されたのだから。アーメン。このお説教の責任は、日曜学校の先生たちにある。わたしは生まれてからこの方、これほどに抑圧された雄弁と説教力の一方的集中を見たことがない。そこには四千もの人がいたのに、説教していたのはその中のたった一人だけなのだ。どうすべきか——どうしようもない。自分で相手に説教し、教えてやるばかりである。

＊

にも拘らず、右のような神への奉仕のおかげで、この時、日曜学校の先生が一人もいなかった場所がオスロの何ヶ所かで発見された。たとえばホルメンコレン。ここでは人々が冬はスキーに乗って跳び、世界でとても美しい眺望の一つが拓かれる〔＊4〕。

あるいは、島と、汽船と、連なる山の背を持ち、霞んだ銀色に光る、長く曲折したオスロフィヨルド。またあるいは、ある静かな郊外の通り。そこには、その高い塀の背後に、誰をも自分に寄せつけない画家エドヴァルド・ムンク（一八六三～一九四四）が住んでいる。念のためお知らせするが、むやみに人を避けないのは、ハムスンだけだ。人々に対するそれほどまでのとげとげしさが、偉大な創作家たちの心中にどこから生じてくるのか、不思議ではある。それから、ノルウェー博物館。そこではいろいろな物に加えてきれいな古い絵を見たが、その絵の中では、洗礼者ヨハネが冷たいノルウェーのフィヨルドでキリストに洗礼している。残念なことに、そこにはスキーに乗ってのエジプト脱出の絵は展示されていない。だがその代りに、十字架上のキリストの処刑を描いた大衆的な何枚かの絵は、穏やかでほとんど満足しているかのようなキリストの表情を表している――ここは、苦しみと死のカトリック的パトスからいかに遠くにあることか！　そして、最終的に、何の飾りもない、ほとんど神聖とさえ言える場所が一つあった。それは大きなコンクリートの格納庫で、そこにはフラム号が憩っていた。

実際に、わたしはまた、古墳から発掘されたヴァイキングたちの古い船を見た。それらは奇跡的によく保存され、非常に美しい形をしており、ノルウェー人たちは何か礼拝でもするような態度でそこに通う。わたし自身は「海の男」ではなく、自分が運河をよぎるということさえ十分記憶に残る冒険だと評価している。しかし、これらの、黒い、貪欲そうな、すばらしいアーチ形の、鉄の鋲一つ使わないヴァイキングのボートを見た時、自分の乾いた陸の魂の底のどこかで、海は本質的にひたすら男の仕事だ、究極的には政治とか世界の改革よりももっと男らしいものだ、と感じた。この黒く膨れたオーセベリ船の卵の殻のような船中に座って、暗い霧深き海に出かけていく――ごらんよ、娘さんたち、おれたち男は、何と度胸のある野郎どもであることか！　本当に、その場を目にしてわたしは頭を下げた。だが、実際に、フラム号で直面するものは何だろう！

そのことについてはあまり立ち入りたくない。フラム号は、それほどありきたりの、あまり大きくない船で、実際、がっちりした材木で作られており、何かに耐えられるように、いくらか持ちあがった梁を両脇につけている。掌のような小さな台所、笑いたくなるようなボイラー、誰もが頭をぶっつけそうな階段とドア、そして子供用みたいな船室があり、そこにはスヴェルドルップと名前が書いてある。二番めの船室には寝棚があり、その上ではわれらがチェコの詩人フラーニャ・シュラーメクでさえ足を伸ばせないだろうが、そこにはナンセンと書かれている。三番めの船室の寝棚は、さらにもっと短いが、その上の札は、アムンゼンである〔＊5〕。そしてそれぞれの板造りの衣裳ケースの中の掛け釘には、毛皮のフードとコート、アザラシ皮の靴が掛けられ、そこにはナフタリンと悲哀が感じられる。それから、ナンセン、スヴェルドルップ、アムンゼンそれぞれの六分儀、望遠鏡、名前のわからぬ航海用具。さらに抜歯用のペンチ、外科用の鋏、メス、包帯、小さな救急箱——それら以外には何もない。それでは神の御挨拶を。お帰りなさい。われわれは再び、ぼくらの若かりし頃の故郷に戻る。ナンセンとスヴェルドルップをおぼえているかい？　あのフラム号とどんな風に冬を凌《しの》いだか思い出せるかい？　あれは父の庭で、だった。ジャスミンと薔薇《ばら》が咲いていた。ぼくらは北極熊を射ち、犬橇《いぬぞり》に乗って氷原を走り、北を目指して出発した。しかし、悪天候と氷の悪条件のため、帰還せざるを得なかった。あれはきびしい帰還だったなあ、思い出してみろよ。どうしようもない、極地の夜になる前に帰途に就かねばならないんだ。「遂に水平線上にわれわれのフラム号が姿を現わし、われわれは喜びの声をあげて挨拶をした」〔＊6〕——そう、ぼくらのフラム号だ。というのは、この船は世界中の少年読者の所有なのだから。気にしなさんな、これはぼくらの船だ、ぼくらはここで、どの六分儀であろうと巻いたロープだろうと抜歯用のペンチだろうと、大切に親しく手にする権利があるんだ。ただ、この船室にはアムンゼンと書いてある。

これはもう別の章で、別の時に別の読み方をしたものだ。だったらここでは、もはや何物にも子供の指で触れることはせず、男として帽子を持ち上げて敬意を表そう。(ここはどうもむっとする、あるいはナフタリンのせいか)。ここでアムンゼンという名の男が眠ったのだ。眠っている時には、かなり足を縮めていたに違いない。南と北の二つの極を見た男が。その男アムンゼンは、そんな北極の荒野にまで飛行して自らの命を失ったのだが、それは、用もないのに図々しくかれの極地にまぎれ込んできた誰かを救うためだった。もちろんそれは別の冒険談で、子供の本の思い出よりも、ずっと深く心に書き込まれている。

*

そして夕方、夕方おそくには、もはや日曜学校の教師たちは一人もいなくなり、白い北国の夜になる。カール・ヨハンスゲートのあたりには、イプセンの亡霊がいささか冷たく漂っていた。家庭的な人たちは夏の日曜を楽しむ。スウェーデンよりも、もっと肩幅の広い、もっと田舎っぽい、もっと威張らない、全体的にもっと大衆的な群衆である。見たところ、飲酒と政治に傾きがちな諸民族のように、結構陽気である。顔から判断するかぎり、この人たちを怖れることはない。

＊1　古ノルド語とはヴァイキング時代から中世まで北欧各地で話されていた言語の総称で、ここからノルウェー語、デンマーク語などに分かれた。
＊2　現在ではランスモールを統合してニーノシュク（新ノルウェー語）とし、リクスモールを改称したブークモール（文書語）と併用している。いわゆるディグロシア（同一言語内の二変種併用）の状態である。
＊3　17頁＊4、＊5を参照のこと。
＊4　ホルメンコレンは、スキーのジャンプ台で有名な場所。
＊5　オットー・ニューマン・スヴェルドルップ（一八五四〜一九三〇）、ナンセン北極探検のフラム号船長。フリチョフ・ナンセン（一八六一〜一九三〇）、科学者で極地探検家。ロアール・アムンゼン（一八七二〜一九二八）、極地探検家。南極点を極める。フラーニャ・シュラーメク（一八七七〜一九五二）、チェコの詩人・作家。
＊6　17頁＊2に同じ。

ベルゲン鉄道路線

ベルゲンの山中鉄道は、いわゆる「技術の驚異」に属する。「技術の驚異」とは、ふつうは地下のトンネルと高架橋のことだ。だがベルゲン鉄道は特別で、言ってみれば、芸術的な、梁と板で建てられた、地面より高いトンネルを持っている。それらのトンネルは、単に雪崩と雪の吹き寄せの防御用であり、主として最も景色のよい興味深い場所のあたりで、何マイルも何マイルも続いている。トンネルのない所にも、少なくとも、高い木造のバリヤーが張られている。にも拘らず、辛抱強い観察者は、あちこちで工事人が開けておいた穴を見つけ、列車が次から次へと木造のトンネルを通過する合間に、この世の美と高貴さに、束の間、目を見張ることができる。しかしながら、事柄を整理しておくと、この技術の驚異は、ウスタダールの頂上にまで、そしてウステクヴェイクにまで及ぶのだ。最初のうちは、列車は、ある時は普通の地下のトンネルを、ある時は緑のノルウェーを、森や牧野を、川や湖の岸辺を走る。そこには常に、何か見るべき物がある。ヘネフォスに着くまでは、木造の農家、角のない牛、山や谷、有名な滝や亡命中のトロツキー〔＊1〕。その後は、ソクニの心地よい谷間、黒い森の間のきれいで新鮮な牧草地、至る所で緑の山腹に散在する褐色の梁のある、材木の足場の上に立つ妖精の城のような小さな家々――。

――そして突然、クレーデレン、花崗岩の岩盤の間にクレーデレン湖が出現し、岩盤の上には葉の茂る森が巻毛の鬘《かつら》のように載っている。それらは、ろくろ師の巨匠によってじかに削られた山のように、こぶこぶの卵形をしている。仕方がない、ここでは世界を、地質学的な目で見なければならない。たとえば、ノレフィエル

山の下の花崗岩のキューポラ群は、こんなことを示している――世界はその創造の際に、熱い粥のような物からただそのまま噴き出されたのではなく、大変な忍耐で作り出され、磨かれ、丸められ、積み重ねられ、滑らかにされ、最終的にはクレーデレン湖の上の山を、寸刻《すんきざ》みに、このような氷河が楽しくわけ知り顔に横切るようになったのだ。氷河はそれらの丸さに満足していた。本当にそれはよいことだ。誰かがわたしに、そんなにうまく重なり合った他の氷河を示してくれれば！

しかしまた、別の山々もある。それらは丸められたのではなく、まっすぐまたは斜めに切り取られ、氷河によって割られ、楔形になり、層を成し、材木のように板状になって積まれ、屋根板のように自らの中に挿し込まれ、しわにな

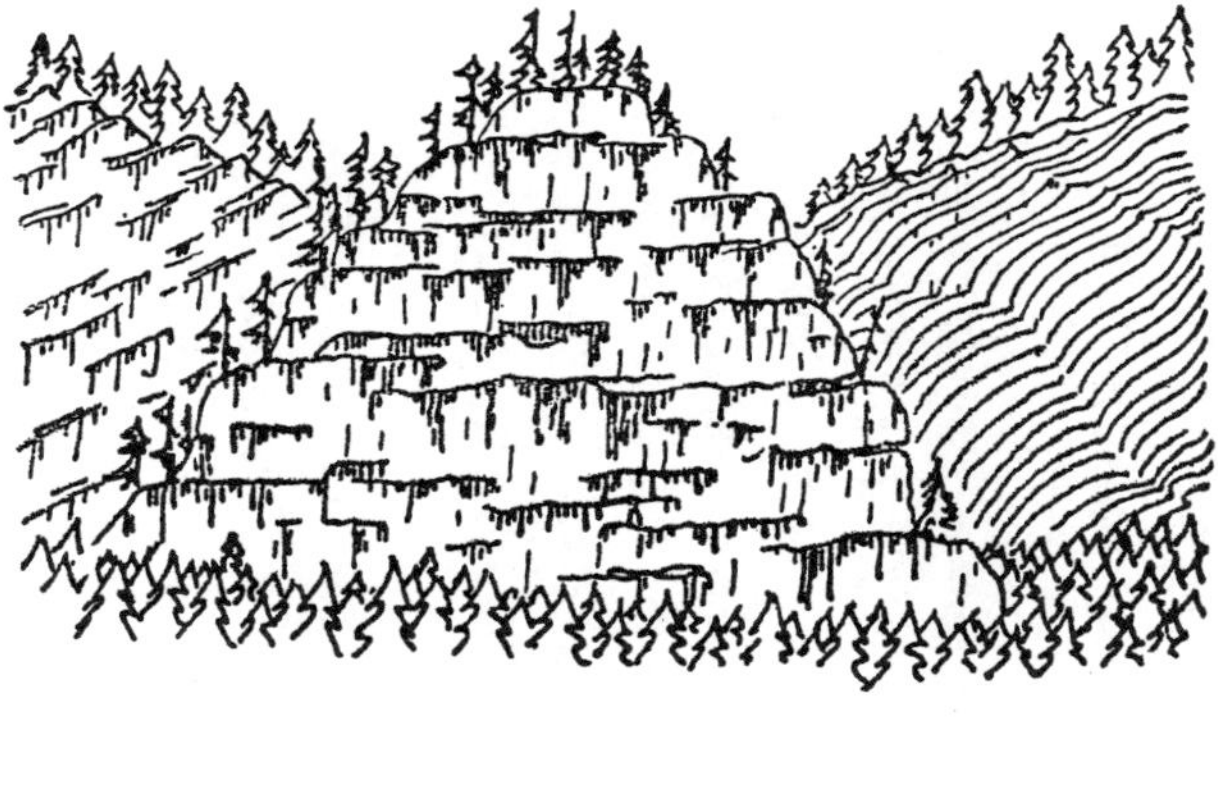

り、曲げられ、折られたり切られたりしている。それは、花崗岩への恐しい大工仕事だった。地質学的年代と言われるものだが、何という仕事がそれらの上に見てとれることか！　ありのままに言って、氷河期とは、とてつもない仕事の場だった。ただ見てほしい、どんな職人技が当時なされたのか、そしてその技術の驚異とはいかなるものか！　石について共感のない人は、この世の美と大いなる尊厳について多くを知らないことになる。

それからやって来るのは、ハリングダール渓谷、民俗芸術で有名な、古くから続く農業の谷間だ。ここではかつて、有名なハリングダールの薔薇《ばら》が描かれ、今日でも、この地の人たちが、手仕事に対するいかなる愛をもって、さまざまな物を建築してきたかがわかる――乱暴に見えるほど力強い丸太作りの農家、狭い梁の基礎の上に広く置かれた納屋、木造のパゴダのように、塔の形に作られた古い昔ながらの教会、彫刻された窓、破風、列柱――それらは美そのもの、本質的で、頑丈な幹と厚板で作られた古い世界の仕事である。そして木を評価しない人は、この世の、核心的でありながら不遇な、民衆的な美の多くを見逃すことになる。

そうだ、石と木、それがハリングダールである。そして森、同じ巨大な列柱と見まがう森。それほど高い木々。さらに、長く引き延ばされて積まれる干草、小柄で褐色

の牛たち、黒いたてがみの重々しい馬たち、一面の牧野、一面の絹のような草、黄色いカミツレの仲間、白い下野草《しもつけそう》、他所《よそ》にはない釣鐘草《つりがねそう》の青、梁で支えられた窓に咲く朱《ヴァーミリオン》色のゼラニウム、それがハリングダールである。

おそらく世界中で、彫刻し彩色し刺繡する、そんな民俗的習慣が最も発達したのは、こうした山岳地帯であろう。わたしは知っているが、部分的にはその習慣のおかげで、山間の僻地の谷間には、祖祖祖父や祖祖祖母以来の古い物が、比較的多く保存されたのだ。しかし何かが保存されるためには、その前にそれが生じなければならない。わたしの考えでは、その仕事をするのは木材である。男の子の手に丸太を持たせれば、(きっとナイフを持っているから)その木を切りきざみ、刀の柄や彫像、または柱を

Hallingdal

作り出すだろう。木材は彫刻したり彩色したりできるが、石はただ、塀や古代の石の墳墓に向いているだけだ。民俗芸術は、建築からフヤラ（スロヴァキアの牧羊者の長い笛）やバグパイプに至るまで、木材をずっと守ってきた。それゆえに、山や森が支えられているのだ。そのため、ハリングダールでも、ピレネーやアルプスや、あるいはわが国でも、山々の木が茂る所では同じように民俗的芸術が人の心を楽しませる。石造は自然の仕事、木造は人間のなす技である。少なくとも、この世で物事の自然な秩序が支配していたかぎりでは、そのような状態だった。

ハリングダールはそんな所である。それからウスタダール渓谷がやってくる。そこはまったく別の世界だ。もはやこの地には誰も住まず、駅長さんたちと山のホテルのスタッフだけ。他には、石と冷たい湖と、水が滲み出る沼地、さらに、打ちひしがれた松、矮小な、ひねくれた樺や萎縮した榛《はん》の木がしがみついているだけだ。ただあちこちに、切妻にトナカイの角を飾った丸太小屋がある。あとは石場と這いつくばった樺、水草と綿菅《わたすげ》だけだ。そこから先には石も湖も植生もなく、ただ板張りのトンネルと回廊、積雪に対する防護柵のみ。そんなふうなのが、この不思議な地域である。

そしてわれわれは、完全に頂上に、フィンスに着く。そこはわずか海抜千二百メートルなのだが、ここ北の諸条件では、わが国の海抜三千メートルほどの高さに相当す

Ustadal

る。生命の果て。夏でも氷の融けぬ湖。融けるほどの値打ちもないのだろう。永遠の氷河の舌は、さびしい線路にまで迫っている。白皚々《がいがい》たるざらめ状の氷原ハルダンゲル、線路に沿った積雪。これがこの地の七月である。土地の人たちが線路わきのそこここで待ち構え、列車が通るたびに、何か生ける者に手を振ろうとする。雪原、鋼鉄のような灰色の湖、石の群。一つまみの褐色の草。それだけである。おそらくそれだけだから、ここはそんなに強く無限なのだろう。もはや生活は何もないのだから。

ここには、もはや生活はない、しかしここかしこにまだ生き延びている人々がいる。人間は、あの極地の、地を這う柳のように頑強なのだ。それらの柳が銀のカーペットをあたり一面に敷いていて、ここには草さえ生えることができない。白樺、

Finsedal

柳、地衣類、そして人間。この世でこれ以上忍耐強いものはあるまい。それはともかく、ここでは何をすべきか。まずは、ここに住む人たちに両手をかざして挨拶せねばならない。他の国々の他の人たちもそうだ。世界のあらゆる場所で、人間は多くのことに耐えねばならない。そしてここで人間自身に刃向うものは、永遠なる自然の力である。神のご加護を、ウステクヴェイクの人々よ、どうぞお元気で、モルダーダールの人々よ。ご機嫌よう、この地での難儀な暮しを、快適にお送り下さい。他の地で歴史がどう動こうが、あなた方にとってそれが何であろうか？

故郷でのご挨拶を、そしてさらば。わたしは急がねばならない、もう丘を下りつつあるのだから。岩場の間を下へ、フラームスダールとその滝を下へ、森と松の間を下へ、ラウンダールの谷を下へ、

その谷では農民が再び、花崗岩の丸石の間の干草を、滑稽なほど短かい羽根箒《はねぼうき》で掃いている。人々と一軒家の間を下へ――それらはあっと言う間に過ぎて行く。列車が降りて行くので！　そして再びノルウェーの森の豊かさが広がる。塔か拘置所のように高い松、膝までのブルーベリー、腰まである羊歯《しだ》。低い滝が二つ三つ、再び大聖堂のような唐檜《とうひ》と樅《もみ》。さらにいくつかの滝を経て、ナナカマド、榛《はん》の木、柳、ポプラのからみ合った茂みの間を下る。ここにはそんなにも身近にはっきりと植生の境界があって、ここノルウェーでは、自然がいかに正確に植物の生物学的環境学的法則を守っているか、不思議に思うほどだ。おそらく自然の持つ一般教養がそうさせるのだろう。

もはや完全に下まで、海抜二、三十メートルの所まで来ている。巻毛のような茂み、赤い農家と明るい牧場の間の、愛らしい湖のほとり。上方の至る所に、万年雪の白い帯を着けた花崗岩の岩盤がある――うん、これはきれいだ。ただ、この山々の向う側はどんなふうに見えるか、知りたい。そしてこの狭い緑の湖、これはもう海のフィヨルドである。垂直に屹立する岩、その間にある滑らかで底知れぬ水。それは魅せられるほどに悲哀に満ち、恐しいほどに親密である。ただ、最初の一瞥では、まったく非現実的に見える。それをむき出しの、遂には確かな現実と捉え始めるには、フィヨルドを長時間見慣れなければならない。少し上方のあそこ、ソグネフィヨルドだと思う

Sørfjord

が、あそこでは、絶壁から海に落ちぬように、子供たちを一日中ロープで縛っておかねばならない。人が住んでいるいかなる場所でも、そんなことがあるとは信じられぬだろう。

ありがたい、もうベルゲンに到着だ。どんな仕事が見られるだろうか、どんな様子だろうか。たが、もう目を閉じて、何も見ないようにしよう。ここにも岩と漁師小屋があるだけで、他には何もない。おやすみなさい、わたしを好きになって下さい。ただ他には、実際、あの直立する山がいくつかあるだけだ。そして、ここ全体で唯一の平らな場所、駅のホームの上で夕方の集団散歩をしていた女の子たち——ここでは女の子たちはロープで縛られないのだろう。今は本当に、何も見たくない。ここにあるのはただ、本当に、フィヨルドの一角、峻険な岩、それで十分だ。そして、湖があり人々が住む緑の谷間、山々と空——旅路と見物の果ては、どこにもないとしたらどうだろう?

いや、ここは旅路の果てだ。ただ北の日に終りはない。

*1　レオン・トロツキー(一八七九〜一九四〇)ロシアの革命家。ロシア革命後、権力闘争に敗れ国外に亡命。メキシコで暗殺される。

ベルゲン

本は嘘をつかない、ということがわかると嬉しい。ベルゲンには雨がよく降る、と本には書かれている。実際にベルゲンは雨が降っていた、しかもぴたぴた叩くように。それから、ベルゲンの上方には、七つの山が櫛のようになって聳《そび》えている、と書かれている。わたしは三つしか数えられなかった。他の山は霧に包まれていたからだが、七つあると信ずる。ノルウェーの人たちは正直だから、聖なる真理でないものを、他国の人に説こうとは思わないだろう。

わたしは保証するが、ベルゲンは古い有名なハンザ同盟の町である。ハンザ同盟時代の後にも、古い板張りの家々が並ぶドイツ風の波止場、すなわちティスケブリッゲが残っている。町にはハンザ博物館があり、そこにはキャビネットが保存されているが、ハンザの商人たちは、丁稚や帳簿方の連中を、夜になるとその中に閉じ込めたそ

Tyskebrygge

うだ。その連中が夜遊びしないように、寒くないように。そしてハーモニカのように並んだ古い商店があり、張り出した屋根窓がついていて、滑車で持ち上げられた商品を、船から直接その中へ運び込んだ。

さらにこの町には魚市場がある。かつて憶えがないほどの魚の匂いがし、青や銀色の魚で満ちている。そして、白いペンキが塗られた、とてもかわいい木造の家々の立ち並ぶ、小さな町なかの通り。だがそれらの多くはもう焼けてしまって、その結果、ベルゲンの大部分は、現代的で裕福な町のように見える。当地には古いドイツ風教会ティスケキールケンがあり、そこへ入るには入場料を払う。それだけの価値がある。というのは、内部には立派なゴシックの祭壇と、活気のある商人の大家族を示す誓願用の古い献画があるから。おまけに、そこでは丁度、結婚式が行われていた。赤毛の船乗りが、処女らしく泣き顔をしているそばかす顔の娘を妻にしようとし、スキーのジャンプ競技のレコード保持者のような若い牧師が、二人を結婚させていた。親類縁者たちは、絹のドレスを着る者あり、フロックコート用のネクタイを結んでタキシードを着込む者ありで、感動しつつおごそかに涙を流している。そこでわたしも、文句を言わずに自分の金を出すことにした。

そのほか、ベルゲンには、ホーコンの戴冠広間とローゼンクランツ〔*1〕の塔がある。

そしてそれらの真下に、船が錨をおろしている。その船がわたしたちをトロンヘイム〔*2〕に運送する。やあごきげんよう、船よ。もう乗場に着いたぞ。

*1　ホーコン四世（一二〇四〜一二六三）、ノルウェー王。ローゼンクランツは、『ハムレット』の登場人物。
*2　トロンヘイムは古名をニーダロスという。

ニーダロスまで

本当に、それは立派な船だった。真新しい郵便船で、つつましい人間の心が望み得る限りの快適さをすべて備えていた。厄介なのはただ一つ、この船が北へ運んでいく積荷である。ベルゲンフース城跡の下で積み込んだ、思いもかけぬキャベツや小麦粉、そんな品物だ。しかしもっと悪い積荷は、ノールカップのどこかへ行く、アメリカの教会またはキリスト教協会の、宣教師たちの布教集団という名の人間たちだった。わたしは、自分が折伏《しゃくぶく》されるのではないかと恐れるあまり、その連中が実際に何なのか、尋ねる勇気がなかったのだ。

そこで、そのアメリカの教会が何を教えるのか、正確には知らない。確かめられたかぎりでは——。

1. 陽気な大騒ぎでロープの輪を棒に向かって投げたり、他の乗客たちの足に絡ま

るような木の輪を甲板の上で追い廻して、この聖なる共同体は、錨をまだ上げないうちに、意気揚々と、完全に船首を支配した。

2. 大変な忍耐力と活力で、自分たちの仲間や他の乗客たちと話を開始する。その結果、すぐに船尾全体がベンチやデッキチェアに占領され、おまけに自分たちの継続使用や永続的所有権を示すために、自分のマフラー、小説本、聖書、ハンカチを、それらの上に置く。

3. テーブルの所でクリスチャンの戦いの歌を歌い、船の食堂でさえも、われわれのような部外者、組織に入っていない弱い少数派に圧迫を加える。

4. 集団となって社交的遊戯、ダンス、娯楽、合唱、敬虔さ、その他の喜びを与える。とりわけ、何か陽気なクリスチャン性を醸成し、自分の周囲に、休みなく、無邪気で美徳に満ちた魂の楽しさを広げる。正直に言って、それは恐しかった。

5. 隣人たちへ強制的な愛を押しつけながら、船酔いに苦しむ人たち、犬、新婚さんたち、子供たち、船乗りたち、同国人も外国人も、自分のほうに引入れようとする。だが、そのやり方は、主として、讃め励まし、陽気に呼びかけ挨拶し、微笑みかけることであり、愛嬌そのもので脅迫したりさえする。そこでわれわれ余人に残された道はただ一つ、船室の中にバリケードを築いて、そこで静かに頑強に悪態をつくことだけだ。神よ、われらが魂に慈悲深くありたまえ！

＊

ここは本当に美しい。ノルド＝ホルドランドの岩山と裸の島との間、この静かで明るいフィヨルドを、ひたすら見てほしい。空全体に、広い海全体に、霧を含み藍色に染まる山々の間に、しっとりと薔薇《ばら》色に広がる日没の光を、ひたすら眺めてほしい。そして赤い舷灯をつけて、われわれの傍を幻想的に通り過ぎていくあの漁船――神よ、何と美しいことか！　聖なる教団は、神々しい夕暮れの中で、讃美歌を唸り始めた。

この団体は、メンバーとして、主に一定年齢のご婦人を受け入れているらしい。本当のことを言うと、胸甲騎兵のようなお婆さんたちで、例外的によぼよぼで居眠りがちの、おおよそ百歳ほどの老婆が何人かいる。あとは、膝上何センチかのスカートをはき、子供用の小さな帽子をかぶった六十歳の小悪魔、牝馬のような顔をしたご婦人が一人、何か皮膚病にかかった感じの女性が一人、一見身体的障害がない女性が一人。髪を染めた人から銀髪までのさまざまな年齢の未亡人たちが数人、栗鼠《りす》のような歯をした男が一人。ちょっぴり粋で、ひからびた餓鬼のような、明らかに肝臓を病んでいる年配の男が一人、全体的に自分の立場を健気にも保っている老嬢たちのグループ。要するに普通のチャリティ団体のように見えるのだが、あんなに固まっている必要は

Nord- Hordland

ないだろう。それは単に人をいらつかせるだけだ。それに、創造主を敬い讃えて、あんなに歌うこともあるまい。少なくともここでは必要ない。もしも誰かが、神の御業《みわざ》と栄誉を見よ、嘴《くちばし》を引っ込めろ、と言ってくれたなら――。

　さて、教団は歌い終えて周囲を見廻した。牝馬の顔をしたご婦人が鼻眼鏡をかけ直した。

「すてきじゃありませんこと?《イズント・イット・ナイス》」「すばらしいわ《ワンダフル》」「さあ今度は何をしましょう?」

　ひたすら時間を無駄にしない。驚くべきかな、信仰が人の魂に、いかなる力を与えることか!

＊

　こんなふうでは、どうしようもない。このアメリカの聖者たちを海に放り込んでしまおうか。それとも甲板の上をころげ廻る木の輪を、せめて罵ってやろうか。それは重い罪だ、ということは心得ている、しかしせめて何か遊びをしたいものだ! 反抗の悪霊がわが身に乗り移るように、しこたま飲んで酔っ払おうか。それから、足を大きく開いてベルトを締め直し、連中の輪を蹴とばして、グループをばらばらにしてやる――聖者たちよ、眠りに就け! ここには、この夕暮れ、海、白い雲、沈黙などについて、もっと何かしたいことのある人たちがいるんだ。気をつけろよ、さもないと何かが起こるぞ。

だが何も起こらなかった。ノルウェーの船の中ではアルコールを売っていないのだから。

＊

それは奇蹟のように見えた。アメリカの聖者たちは新しい讃美歌をすぐにも歌いたがっていた。そしてかれらの牧師様——それは図体の大きな救いの使者で、鬼軍曹《シュライファー》のように口やかましく、宗教上の地位を示す印として、並の人たちなら腎臓のあるあたりに、じゃらじゃら音を立てる十字架をぶら下げていた——その牧師がブリキの笛で主音を吹く。すると一番太った聖女が壇上にのぼり、アンプの箱の上に座り、両眼を閉じて唇を開き、歌おうとした。その瞬間、彼女のスカートの下で、やかましく至極世俗的なフォックストロットの曲が流れ出したのだ。聖女はまるで赤熱したストーヴの上に腰を下ろしたかのように跳びあがった。だが、牧師は大いなる男らしさを示した。単に笛をズボンのポケットに押し込んで、拍手をしたのみである。「そうですね、ウエル《ウエル》、ダンスをしましょう！《レット・アス・ダンス》」そして皮膚病の女性をダンスに連れ出した。

＊

広々とした海の上の朝。多分スタットランドの岬のあたりを航行しているのだ。ここ開かれたシルデガペットの海上では、常に小さな縦ゆれがある。そしてまた、すぐに見えたことだが、甲板にいた人たちの何人かは敏速に苦もなく吐いたが、他の人たちは絶望的な苦労をしている。教団の人たちは船室に残っていた。お祈りでもしてるのだろう。

ちょっと見てくれよ、何と美しいことか。白い波の背を浮かべる灰色の海。右手にはむき出しの、歯のような、がっちりしたノルウェーの岸がある。そして鳴き立てる鷗《かもめ》たち、何と滑らかに風に乗って長い波の上を翔ぶことか。竜骨に当たり渦巻く水が見える。硫酸銅の水溶液のような、孔雀石のような、氷河か何かのような、緑色だ。そして激しい勢いで白い泡と砕け、継ぎはぎの泡の装飾になる。見たまえ、わたしたちの背後の、ほとんど水平線まで続く、はっきりした泡の作る道を。そして、あの漁船は何と揺れていることだろう。その船上に人が立ち、わたしたちの船に北極熊のような手を振っている――。

「ハロー」牧師が呼びかけ、その男に帽子を振っている。明らかに牧師は、自分の教会、アメリカ合衆国、そしてキリスト教世界全体の名において挨拶しているのだ。

＊

再び両側を岩で閉じられたフィヨルドである。水は静まり、やさしく滑らかに、輝いている。教団の連中は甲板に出て来て、笑顔をふり撒く。「いい日ですね《ア・ファイン・ディ》！」「なんてきれいなんでしょう《ハウ・ビューティフル》！」「すばらしい《ワンダフル》、そう思いません《イズント・イット》？」羊たちは大きなショールにくるまって、さまざまな椅子を占領する。それから眼鏡をかけ、小説やその他の聖なる書を読み始めながら、アメリカの友人たちのことを夢中になってしゃべっていた。牧師は羊たちの間を廻り、上機嫌で老婦人たちの肩をたたき、大声で話しかけた。まるでこの船の支配権を乗っ取ったみたいだ。何としよう、わたしたちすべてが、牧師の慈善行為を受けるチャンスに恵まれてしまった。さらにこの男はわたしたちを救済しようとするのだ。無理やりにでも、どこかの無人島に置き去りにしてやらなければ。そのために、わたしは信頼できる何人かの男と協力したかった。近くにいるのは、貧しいが器量よしの足の悪い娘をめとったばかりのノルウェーの新婚男、イタリアの伯爵様らしい、きれいな黒人の夫人連れで旅行中の紳士、テキサスハットをかぶりカーキ色のシャツを着て、常にビールを傍に置き、皆にカウボーイや金鉱掘りや毛皮猟師の生活の話をしている、いかさま師、だった。要するに、わたしたちには教団の騒ぎはもう沢山だと思われたのだが、どうも対策を談合できなかった。船には適切な飲み物が何もなかったので。イッケ・アルコール〔ノルウェー語で、ノン・アルコールの意〕、それは憐れなことだ。

*

遂に船はオーレスンドに寄港した。きれいな、比較的大きな波止場で、おきまりの魚の臭いがする。アメリカの牧師は、教団のオーレスンド侵略を組織化した。そしてわたしたち別動隊は、この町で何が買えるか見て廻ることにした。実際に、店では一軒おきに、大いに見込みのありそうな壜物を売っていた。壜には「ラム風味」とか「パイナップル味」とか「パンチエッセンス」とか書かれている。しかし、アルコールは一切なかった。「イッケ・アルコール」店の人たちは両手を広げて言う。「何だって？　イッケ・アルコール？」豪気な船乗りたちは、一体ここで何を飲むんだ？「イッケ・アルコール」店の人たちは済まなそうに肩をすくめる。ここオーレスンドは、奇妙な町だ。

よろしい、放っておこう。でもモルデへ行くことにする。モルデは花の町と言われる。ということは、そこでは何かを買えそうだ！　さあモルデだ。きれいな町で、ロムスダールフィヨルドの反対側には美しい尖った山々がある。そして薔薇《ばら》と木苺でいっぱいの庭園。さらに木造の教会がある。しかしそこにもうアメリカの牧師が介入してきて、説教を始めた。花咲く町、それは本当だ。しかしイッケ・アルコール。「すいません《ツーリー》」売り子が言う。「でもここではアルコールは一切手に入らないんです。

ここにはヴィンモノポレット〔ノルウェーの国営酒類専売機構〕がないから」

よろしい、放っておこう。でも今は船に戻らぬことにする。あの教団に好き勝手に暴れさせておけ。船長だろうが操舵手だろうが、はては乗組員全員だろうが、教団が改宗させるにまかせておけ。ここで山脈を越えてイェムネスに行き、そこのどこかで乗船し直すことにしよう。自動車はもう警笛を鳴らし、走り出したのに、急にストップ。車の中に牧師が羊たちを三人連れて押し入って来て、わたしたちの膝の上に多少なりとも腰を乗っける形になった。「さあ出かけられるぞ」牧師は陽気に宣言した。それから花の町モルデの子供たちに呼びかけた。「ハロー、ハロー！　英語は《ドゥ・ユー・》話しますか《スピーク・イングリッシュ》？　ノー？　ノー？　ノー？　そこのきみ、きみは英語ができるかい？　できない？　じゃあそう言えよ、おまえ！　何で英語ができないんだ？」マサチューセッツからの使徒はそのことが理解できず、わたしのほうを向く。「でもあなたは《バット・ユー・》英語を話しますよね《スピーク・イングリッシュ》、イエス？　ノー？　ノー？　で、どこから来たんですか？　プラハから？　イエス、プラーグ。私はプラーグにいました《アイ・ウォズ・イン・プラーグ》。とてもすてき《ヴェリ・ナイス》。とてもきれいな町だ」

「すばらしい《ワンダフル》」

わたしたちはファネフィヨルド沿いにロムスダールの連珠を抜けて走っていた。美

Fannefjord

しい場所、青いフィヨルド、アルプスのような山々。神よ、わたしはその風景を見ていたかったが、牧師は絶えず体を動かし、羊たちのほうに体を傾ける。至る所に銀狐の飼育場があり、ここの漁師たちが小屋の壁に鱈《たら》をじかに掛けて干している。そんな光景をわたしはそれまで見たことがなかった。きっときびしい生活にちがいない、あんな鱈がどんなに臭うか、考えてみると。その間牧師は、子供の教育か何かについての自分の意見を展開している。羊たちはうなずき、感嘆しながら黄色い声で「ええ、《イエス・》ほんとうに《インディード》」とか「まったくその通りです《ハウ・トゥルー》」と繰返していた。その後で、その宗教的指導者は頭を車の天井にぶつけ、言葉を失った。そこで、しばらく窓越しに花崗岩の山々を見ていた——。

「すてき《ラヴリー》ですね、そう思いません《イズント・イット》?」

「すばらしい《ワンダフル》!」

「さあて《ウエル》、さて何を話してたんだっけ——」

森と谷を抜け、この世の果てとも思えるわびしい雨の高原のあちこちを、山々の雪を仰ぎ、漁師たちの集落に沿って、車は走った。疲れを知らぬ牧師は、その間、ジャクソン夫人がしてはならぬことについて、低い声でしゃべっていた。「まったく《ハウ・》その通り《トゥルー》です!」「ええ、ほんとうに《イエス・インディード》」そしてあのわびし気な水、あれは多分ティン

Batsfjord

グフォルフィヨルドだろう、そしてあちらの陽気な水、あれはおそらくバトンフィヨルドだ。そしてかの宗教的助言者は、扁桃炎とか、癌などの症例を検討している――それらはまさに精神的な病気なのだ、と牧師は主張する。単に精神的なものだよ、そうなんだ。「ええ《イエス》」「なるほど《ライト》」「そうじゃありません？《イズント・イット・ソウ》」

　とうとうジェムネスに着く。掌のように小さな波止場で、三人の人がクリスチャンスン行きのモーターボートが来るのを待っている。上方には山々の緑の天蓋の上の雪、下方には褐色の海草に満ちた緑の水。それは、金色が褪せた型見本が印された緑のブロケード織の布地のようだ。「あなたは英語を話しますか？《ドゥ・ユー・スピーク・イングリッシュ》」牧師はわめき、待っている三人を自分のまわりに集めた。三人は牧師の言うことがわからず、困惑し苦しむ状態になったが、牧師は一向に気にしない。三人の肩をたたき、陽気に話し続ける。気のいい男なんだ、本当のところは。

　やがてモーターボートが到着した。この船がここのフィヨルドをあちこち廻って、人々を運ぶのだ。宣教師は自分の教団を乗船させ、誰に話しかけようかときょろきょろしていた。教団は座れる場所は全部占領して、熱心にさえずり始める。周囲は見事なフィヨルドで、夕暮れが迫っていた。山々は降る雨に包まれて煙り、虹がかかり、水は金色に染まり、青い岩を絹のように映じている。下からは船のスクリュー音が鼓動のように響き、乗客たちの楽し気な声が聞こえる。珍しいことに、フィヨルドの内部はまるで庭園のように、すべてが豊かな緑色だった。海に近づけば近づくほど、岩山は裸になり、遂にはむき出しの石だけになる。あちこちに漁師の小屋があり、灰色の丸石の上に何か大きなこね桶のような物が置いてある。鱈の塩漬用の樽だろう。小さな木一本さえどこにもない。ただ岩の間に褐色がかった巻毛のような草があるだけだ。この地は、人間に、魚を干すための岩以外の物を与えない。

「いいお天気ねえ？　どう？」
ほんとうにすてき《イエス・ラヴリー》。
すばらしい《ワンダフル》。

*

そしてこれがクリスチャンスン、鱈の都だ、見渡してみれば。木造の都、デパートそのもの、品物出し入れのための屋根窓。波止場のまわりに固まっている灰色や緑や赤の家々。そしてそれぞれの屋根の上には鷗《かもめ》ばかり。こんなにも多くの鷗の群は、生まれてこの方見たことがなかった。ここで何か宗教的訓練をしているのだろう。

さてここで船に戻らなければならない。ところが乗客が増加した。トロンヘイムとの試合に行くクリスチャンスンのサッカーチームの選手たちを運ぶのだ。町全体が自

Kristiansund

分たちの英雄を船まで送ってきた。当地の犬までが一緒に駆けまわり、熱烈に尻尾を振る。牧師の顔は輝いている。群衆が好きだから。下腹を船の手すりに押しつけ、親切にも大声で呼びかけ、当地の犬どもをわずらわす。呼びかけられた犬たちはどうしたらいいのか？　尻尾を垂れて姿を消した。すると大男は、土地の人たちに心からの呼びかけをする。「あなたは英語を話しますか《ドゥ・ユー・スピーク・イングリッシュ》？　イエス？　ノー？　いいお天気ですな？　ハッハッハ！」

スクリューが廻り出し、船は波止場から出ていく。クリスチャンスンの人たち全員が帽子を振り、歓呼の声か何かを三唱して、自分たちの英雄に挨拶を送る。

牧師は帽子を振りまわし、クリスチャンスンの人々の敬意に、アメリカと教養ある人類すべての名において感謝した。

*

操舵手さんよ、お願いだ、ここノルウェーではどこへ行ったらアルコールの滴が手に入るんだろう？　わたしには必要なんだ、怒りを忘れるとか、憂さを晴らすとか、勇気を奮い起こすとか、そんなことのために飲むことが。どうしようもないのかね？

どうしようもないですね、旦那。ここは聖なる海岸でね。ベルゲンからトロンヘイムまではイッケ・アルコールです。トロンヘイムまで行けばヴィンモノポレットがあり、それから先は、ボーデ、ナルヴィク、トロムセにもあります。そこへ行けば好きなものが買えます。でもここでは駄目ですよ。

操舵手は憂鬱そうに言う。ここには聖なる人たちだけが住んでるんだ。わが国ではリカー類は国の専売だが、どの町も、ヴィンモノポレットがそこで酒を売っていいかどうか、自分で議決できるんです。ここでも昔は飲んでましたよ、旦那。操舵手は手を振った。でもトロンヘイムなら大丈夫。

*

トロンヘイム〔❖1〕で夜になり、わたしたちは船から降りた。その船は、お話しした

Trondheim

ように、上等な新しい船だった。不運のすべては、船が積み込んだあの積荷だけにあった。

❖1 トロンヘイム（Trondheim）は、本来ニーダロスだったが、後にトロンヒイェム（Trondhjem）となり、スウェーデンとの統一解消後再びニーダロスとなった。しかし現在では、ランスモールかリクスモールか、どちらを話すかによって、トロンヒイェムかトロンヘイムになる。この町は大きくて豊かで、ニド川に面して古い波止場、ムンクゲートとコンゲンスゲートという二つの大通り、そしてスティフトゲールと呼ばれ、ノルウェー最大の木造建築だと言われる王宮や有名な大聖堂《ドーム》、ヴィンモノポレット（波止場のそばで、すぐおわかりになる）がある。ヴィンモノポレットは午前十一時から午後五時まで開くが、ニーダロスの大聖堂《ドーム》は十二時から二時までしか仕事をしない。ここ、つまりこの大聖堂《ドーム》へは作家シグリ・ウンセット女史の三部作のヒロインであるヴァヴジンツの娘クリスチナが巡礼した。敬虔に復元されたとしても、今日でも美しい教会である。さらに、ここには大きなフリーメーソンの家がある。ただし、これは北の比較的大きな都市ならどこにでもある。魚、木材、それにイギリスの探偵小説を扱う商売で栄えている。

ホーコン・アダルステイン号の船上で

この船のことをフルネームで呼んだのは、一つにはまず、それだけの価値があるからで、二つめには、読者のどなたをもはやこの船は運んではくれないだろうから、である。今年、残念ながら、この船は人を運ぶ最後の仕事を終えるのだ。喫煙室と船室を閉じて、スヴォルヴェルまたはハンメルフェストへ石炭を運ぶだけになるだろう。これぞ時のうつろいだ。

本当のことを言うと、トロンヘイムでの大酔いの後、ホーコン号の第一印象は、まさにすばらしいとはいかなかった。丁度積荷の最中で、クレーンが恐しくがたがたやっていた。そしてこの船は、わたしが見たところでは、はっきり小型であり、わが国のヴルタヴァ川の遊覧船ディトリッヒ市長号よりも小さかった。こんな小船で北の岬まで行くのか？

そこの煉瓦《れんが》の上に、大きくておそろしく愛相がいい、太った紳士がポケットに手を入れて立っていた。「船長さん」その人に心配気に話しかけたのは、一つには人生の道を、もう一つには北への船旅を、わたしに付添って歩んでくれる小さな魂である。「船長さん、この船は何かちっちゃいですねえ？」

船長《カピテイン》は顔を輝かせた。「ヤアア《はいい》」うなりながらうなずく。「まったく小さな船ですよ、奥さん。まったく居心地がいいですよ」

居心地がいい、それは本当だ。まさにその時、セメントの袋が積み込まれている。

「で、船長さん、この船はちょっと古くないですか？」

「ネエエイ《いいえ》！」船長はなだめた。「まったく新しい船です。完全にリフォームしてます」

「で、いつリフォームしたんですか」

船長はちょっぴり考えた。「一九〇二年です」と答える。「これはいい船ですよ」

「で、一体どれくらいの年齢ですか？」

「そう」船長は息を吸い込んだ。「六十二歳です、奥さん」

心配げな地上の魂は、ただ目をぱちぱちさせるだけ。「この船はどれくらいの煉瓦とセメントを運ぶんですか？　沈みはしませんよね？」

「ネエエイ」船長は保証する。「まだ小麦粉を三百袋積みますよ」

「この箱も全部ですか?」

「ヤアア。みんな積み込みます」船長は悩める魂を慰める。「その上バラストを二百トン用意します。そう」

「なぜですか?」

「船がひっくりかえらないようにです、奥さん」

「ひっくりかえることがあるんですか?」

「ネエエイ」

「ほかの船とぶつかることがありますか?」

「ネエエイ。ただ霧が出るでしょう」

「ここでは夏に霧がよく出ますか?」

「オーヤー。霧はね、時々やって来ますよ。ヤアア」船長は気のいい様子で、ブラシのように長い眉毛の下の青い眼でウィンクした。こんなブラシをつけているのは、岩場を何かと見張る時に、眼の上に掌をかざさなくてもよいようにするためだ、とわたしは思う。

「航行するのは夏場だけですよね?」

「ネエエイ。冬もしますよ。十四日ごとに北上してまた帰ってきます」

「家にはどれくらいの間いるんですか？」

「二日です。年に五十日」

「恐しいことね」同情深い魂は怖がる。「五十日！　悲しくはありませんか？」

「ネエエイ。まったくいい具合です。ヤー。冬はお客さんが一人もありません。船が行くのにこんなに厚い氷が張って、しょっちゅう氷を割らなきゃなりません。ヤー」

「滑らないように、ですか？」

「ネエエイ。船が沈まないように。ヤー」船長は満足そうに息を吸い込む。「とってもいい船ですよ。気に入って下さるでしょう」

船長さん、わたしは言う。わたしたちはこの船が気に入るでしょう。ここは本当に気分がいい。船室は掌のように小ぢんまりしていて、柳細工の安楽椅子が二、三あり、それで十分、ごまかしは何もない。喫煙サロンは緑のフラシ天張りで、八〇年代の売春宿と田舎の駅の一等待合室の中間ぐらいの代物、食堂《スピゼザール》は赤いフラシ天張り、一ダースの船室はバス・トイレ付き、二つのベッドはアイロン台の板のようで、リヴベルトという名の救急ベルトが二つ、船酔いのための嘔吐袋が二つ。このアイロン台には座れない、というのは船が揺れた時に寝ている人が落ちぬよう、鉄の手摺りがついているから。頭の下の枕は子供のおむつのように薄いが、その代りに救急ベルトを使うと具合がいい。高慢ちきな船室係《スチユワード》の代りに、よたよた歩きのおばあさんが一人とつんけんしたおばさんが一人。そんなだから、ここは、まるで自分の家のように感じられる、というわけだ。

*

頭の真上でウィンチががたがた響く。最初はいささかうるさいが、人間は慣れるものだ。少なくとも、船が何をしているかがわかる。小麦粉を積み込む時のがたがたは、煉瓦の時のがたがたとは異なる。こんな船に何が入ってくるのか、信じられないほどだ。

真夜中の十二時になるが、ホーコン・アダルステイン号はまだトロンヘイムの波止場で袋や箱を積み込んでいる。すでに二度、三度と汽笛が鳴って、ようやくスクリューが廻り始め、ホーコン号は船体を震わせ、ばたんと音を立て、出航した。それでは、よい旅を、そしてお休みなさい。やっと今になって、北への旅の味がしてきた。

＊

「起きてよ！　聞いて、起きてよ！」

「どうした？」

「だってわたしたちの船室に水が流れ込んでるわ！」

「でも、流れ込んでないよ」

「流れ込んでるわよ！　窓からぱちゃぱちゃ入ってくるわ！」

「む」

「何？」

「何でもないよ。む、と言ってるんだ」

「じゃあ、お願いだから、何かしてよ！」

「なぜ？」

「水が流れ込んでるからよ！　おぼれちゃうわ！」

「む」

「後生だから、そんな風に眠らないで――」

「ぼくは眠ってないよ」女房持ちの男は座り直して電灯のスイッチを手探りする。

「どうしたの？」

「水が流れ込んでくるの！　窓から！」

「窓から？　む。窓は閉まってるよ、ほら」

「じゃあちゃんと閉めて、む、なんて言わないでよ」

「む」女房持ちはアイロン台から体を持ち上げて手摺りを乗り越え、窓を閉めに行く。

外はもはや白昼で、広い海原には白い波の背が一面に立っている――見ろよ、イッケ・フィヨルド、フィヨルドじゃないぞ！　そこで少しばかり――。

「あれ、ちきしょう」女房持ちはぼやく。

「どうしたの？」

「うん、窓から水がぱちゃぱちゃ入ってる！」

「む」

「おかげで濡れちゃった――」

「じゃあ窓を閉めればいいでしょ」

女房持ちは小声で悪態をつき、窓を閉めようとする。だがボルトを締め付けるにはモンキー・スパナが必要だろう。

「いまいましい《ヘルゴット》！」

「何があったの？」

「ぼくは全身水びたしだよ！　ブルル」

「なぜ？」

「水が流れ込んでるんだ！」

「まあ、そんなことないわ」

「流れ込んでる！　窓からぱちゃぱちゃ！」

「む」

やっと窓が閉められた。本当に、指が千切れなかったのが不思議なほどだ。そして酢漬の鰊のようにずぶ濡れだ。急いで毛布の下にもぐり込み、頭の下に救急ベルトを敷いてベッドに横たわる——。

苦しそうなうめき声がする。

「どうしたの？」

い、い、い、

「船が揺れてるわ！」

「む」

「わたし、船酔いしそうよ！」

「そんなことないよ」

「ほんとに船が揺れてるの！」

「揺れてないよ」

「すごく揺さぶられてるわ！」

「む」

「どんなに揺さぶられてるか、感じないの？」

「ちっとも感じないよ」本当は揺れているのだが、女性はすべてを知らなくてもよい。実際、それはほとんど心地よいほどである。船は人間と共に気持よく上に持ちあがり、しばらくたゆたい、船体がばたんと音を立て、再び滑るように下へ降りていく。そして今は頭の下が持ちあがる——。

「まだ感じない？」

「いや、ほんの少しだよ」自分の両足が突然頭より上になるのを見るのは、妙な気分だ。何か慣れないことのように思われる。

「おぼれることはないわね？」

「ネエエイ」

「お願いだから、窓を開けてよ、さもなきゃ窒息しちゃうわ！」

女房持ちは自分のアイロン板から這い出して、再び窓を開ける。その際、例のボルトで指をもぎ取られそうになるが、もう同じことだ。「ちきしょう」突然口から言葉が洩れる。

「またひどいことになったの？」弱々しく同情するような声が尋ねる。

「いや、でも水がぴちゃぴちゃ窓から入ってくるよ。もう水がこんなに――」

しばらく沈黙が続き、重苦しい溜息になる。「ここは深いの？」心配そうな声が聞こえる。「うん。場所によっては千五百メートルにまでなるよ」

「どうして知ってるの？」

「どこかで読んだんだ」

「ああキリスト様！　千五百メートルも！」溜息は強められる。「よく眠ることができるわね、ここは千五百メートルもの深さがあるのに！」

「どうして眠っちゃいけないんだ？」

「あんたは泳げないんでしょ！」

「泳げるよ」

「でもここじゃきっとおぼれるわ、こんなに深いんだから！」

「五メートルの深さだっておぼれることもあるさ」

「でもそんなに早くじゃないでしょ！」静かな呟きが聞こえる。誰かがお祈りをしているようだ。「どこかで船を降りられないかしら？」

「ネエエイ」

「何も感じないの、船がこんなに揺れてるのを？」

「ヤアア」

「ひどい嵐なのね？」

「む」

　今やホーコン号はみごとに揺れて高みにのぼり、ばたんばたんと重い音を立てた。廊下で船室からのベルの音が響く。あは、誰かがパニックに襲われたんだ。やっと朝の五時で、こんな開けた海を、案内によれば、レルヴィクあたりまで航行することになる。隣のベッドの溜息は大きくなり、もはやほとんどうめき声になっている。そして突然静まる。

　心配した女房持ちは急いで起きあがり、何が起こったか見る。何事もない。眠っている、まるで水中に放り込まれたかのように。

小さな船でのその揺れは、実際に眠気を誘う。まるで揺りかごのように。

＊

きらめく朝だ、そしてまだずっと開けた海が続く。揺れはもう少なくなったが、まだずっと残っている——そう、朝食からは逃げたほうがいい。外気にあたるほうがましだ。甲板には船長が大股で立ち、満足げに顔を輝かしている。

「船長《カピテイン》さん、今朝は海がちょっぴり荒れましたね？」

「ネエエイ。まったく静かですよ」

＊

だが、もう再び島々が見える。これらは、わたしの考えでは、ドゥーノヴィの漁師たちの島だ。むき出しの丸っこい岩ばかりで、ただ少しばかり緑がふりかけられている。ここは恐ろしくさびしい所だ。たくましく肉付きのよい島々で、家は一軒しかない。ただ小型の舟と海、それ以上は何もない。木も、隣人も、何もない。ただ岩と人間と魚だけ。この地で人間は、英雄となるために戦う必要はない。生きていくだけで十分なのだ。

レルヴィク、島々の中で最初の町。約二十軒の木造の家々があり、そのうちホテルが三軒、カフェが十軒、そして土地の新聞の編集局が一軒ある。そこには約二十本の木があり、限りなく多くの鵲《かささぎ》がいる。わたしたちはそこに小麦粉を運び、そこの一匹の犬と真の友情を結んだ。その地へたまたまお出かけになるようなことがあれば、お伝えするが、その犬はコッカースパニェル種で、そこのラジオ局に属する可能性が一番高い。

その小さな町の周辺は、もうまったくの荒地である。ただ石と地を這う柳とヒースだけ。ただし本当はヒースではなく、学名エンペトルム・ニグルムつまり岩高蘭《がんこうらん》で、黒くて、ただ酸っぱいだけの漿果を、わが国の苔桃と似た実をつける。そこでは、角のない牛が、草を食み、絶望的な、出航しようとする船の汽笛にちょっぴり似た声で鳴いている。わたしは驚きもしない。岩でない所はほとんど底なしの泥炭層だ。そこら中で掘られて、高く積みあげられて乾されている。そうして黒いピラミッドができあがる。わたしは島々でそれらを見たが、はじめ何なのかわからなかった。その泥炭層から、時々古い木の幹まるごとや黒い木の株が掘り出される。ここ全体が、かつては森だったのだ。しかしそれはもはや何千何万年も前のことになるのだろう。年月は何と速く飛ぶものか！

ホーコン・アダルステイン号はつながれた牡牛のような声をあげた。よし、よし、さあ出かけよう。もしあなた方がわたしたちを乗せそこね、ここに置き去りにしたな

ら、そう、わたしもそれに甘んじよう。わたしは当地の『アヴィセール』紙に記事を書き、何千年も昔の森の中へ散歩に行こう。何を書いたらいいだろう？　そう、こんな現実を、主に無限について、この数千年について、北欧のおとぎ話の妖精トロルたちの間のニュースについて、だ。どこかでいくつかの民族が武装して、互いに射ち合いをしているそうだが、それは本当ではあるまい。われわれ、われわれレルヴィクとヴィクナ地区全体の人々は、人間が人間を重んじ、よき隣人を持つことを喜んでいる。そしてここのホーコン・アダルステイン号は、完全に新しく居心地のよい船だった。さまざまな民族の外国人三十人を運んできたが、その人たちは武装もせず、互いに戦争もせず、平和に絵葉書を買い、まったく教養ある人たちとして振舞っていた。十二時にホーコン号は錨をあげ、さらなる北極探検の旅に出発し、ボーデか遂にはロフォーテンまで通航することを目指している。勇敢なる船に、幸運な旅を！

かくて旅は続き、氷河に注意。ここでは至る所に氷河があったが、それらは出来てからほとんど数十万年にもなるのだ。至る所にその強力な手仕事の跡を残しており、この地ではその作業手順を見取ることができる。そのような氷河は最も高い山々を巡って廻り、鋭い尖頂を作り聳《そび》えさせ、一方比較的小さい山々を丸めて球状にするか、または削ってぎざぎざの櫛状にする。そしてきちんと大量にその仕事がなされた場所

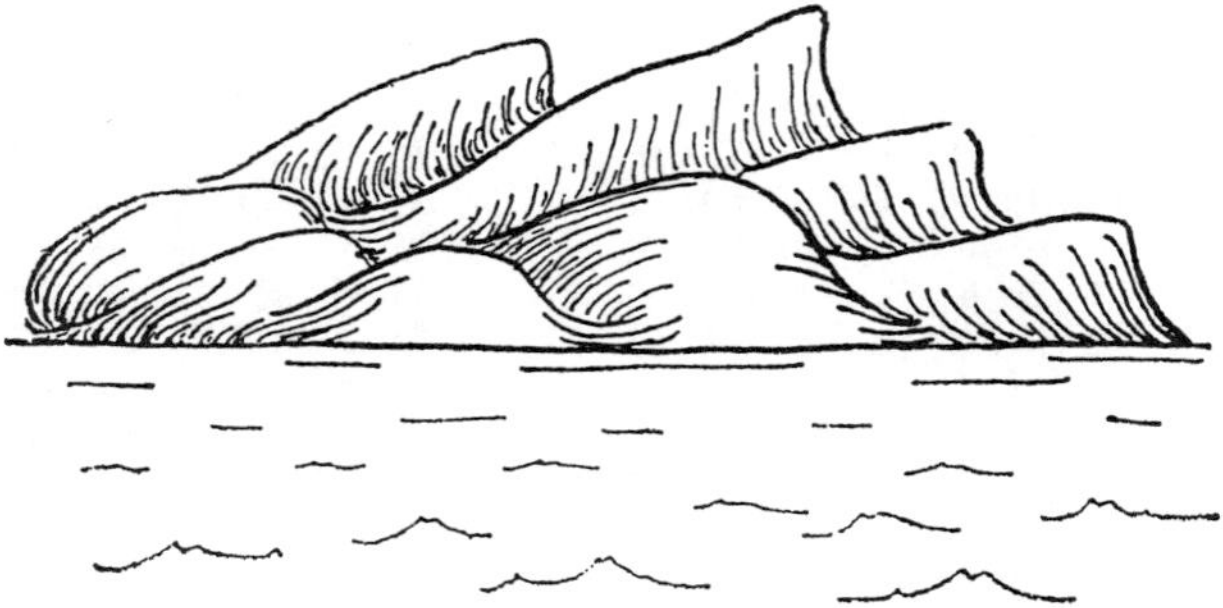

では、氷河は両袖を捲りあげて、今や、砕き、すり潰し、ぐるぐる廻し、やすりをかけ、遂には山々の冠部に深い盆状の穴を穿つ。礫岩を放り出して転がし、堆石《モレーン》をなし、盆の中に湖を作ってそこから滝を下へ垂らし、現在の状態にした。実際、それはひどく単純で、常に同一の作業なのだが、その仕事がいかに見事に強力になされるかは、けっして十分には予想できない。それが見取ったすべてである。そして人間も、大きな物、最大の物を磨いて高みや峻険な峰にし、そして小さな物を心地よく丸くすべきだろう。

たとえばそこには、レカという名の島があり、その島には化石化した乙女がいるが、その乙女を恋人として追いかけたのは巨人へストマネンである。何かこの伝説と関係するのだろう、というのはこの巨人は今日ではへストマネイ島に保存されているから。それも同様に化石化していて、馬と合わせて五百六十八メートルもある。だが、そこには他の岩もあり、その上から見ると実際に、自ら滑り落ちて行った花崗岩の水盤であることがわかる。それは激動の時代だったに違いない。そこにはまた、トルゲト島にトルガッテンという名の岩山があり、その山の中央には端から端まで貫通する巨大な穴、もしくは通路がある。それは長く高く、まるでゴシックの大聖堂のようだ。わたしはそこへ行き、考えてみたが、もともとは岩の裂け目で、そこに山の頂上が滑ってきて天井になったのだろう。だが、トルガッテンの生起についての別の神話が、たとえばそれを巨人たちが作ったという話があるとすれば、それも真実であり得るし、わたしはそれに従う。トルゲト島には一ダースほどの人たちが住んでいて、果物、レモネード、絵葉書、それに雲丹《うに》など、さまざまな物を売って生活している。木彫の像のようにまっすぐで活発な娘が、独特の小さな薔薇《ばら》さえ売っていた。それは当地で最高に貴重な物なのだろう。そのほか、その岩の通路からはトルガッテンの両山腹の見事な景色が見える。オパール色の海と、その中に浮かぶ青い島々――。

「わたしたちの上にあの岩が落ちてこない？」心配する魂が尋ねる。

「ネエエイ。まだ二、三千年は持ちこたえますよ」

「じゃあ、後生だから、ここから出てよ、急いで！」

＊

それからブレンネイ海峡とブレンネイの町、そこはおもに鱈《たら》を干す人たちが住んでいる。長い高い杭の上で干され、静かに、そしてノルウェーの頑固さで臭っている。この地の北方すべては、もはやただ丸石、鱈、そして海から成る世界だ。われわれは北極圏に近づきつつある。

北極圏を後にして

その夜だったか、わたしにはわからない。多分ただ夢に見たのか、わたしは何回か起きて、船室の丸い小窓から外を見た。わたしは月に浮かぶその地方を見た。真珠色の海の上に隆起するのは、現実の山や岩ではなかった。それらはそんなにも不思議で恐しい形相だった。やはりただ夢を見ただけなのだろう。

多分わたしは眠っていた。その間にわたしたちの船は、威儀を正して汽笛を鳴らしながら北極圏を通過した。わたしはホーコン号が汽笛を鳴らすのを聞いたが、起きあがらなかった。何でもないんだ、ただ沈みかけているか、助けを呼んでいるか何かだ、と考えていた。そして朝になると、もう北極圏を後にしていた。仕方がなかった。われわれはまさに北極地帯にいるのに、この現実に正当な挨拶もしないでいた。一生の間、人間は籠の中の鳥のように、おだやかな地帯で押し合いへし合いしているのに、

ちょっと眠っている時に、その境を越えてしまうとは。

正しく言うと、北極地帯は、最初の一目《ひとめ》ではひどく失望させられた。これ、が北極の地か？ これはフェアプレイじゃないよ。実際、こんなに緑の多い心地よい地域は、モルデ以後見たことがなかった。下には整然とした区画の畑、至る所に人家が密集し、それの上に、巻毛のような緑の草に覆われた丘と丸屋根、それの上に——。

「操舵手さん、あのすごく青いものは何、あそこの山にぶらさがっているあれは？」

ここで操舵手をしている、トロムセ出身の人のよい北極熊のような男は言う。

「ヤ！ あれはスヴァルティセンだよ」

ああ、ではあれがスヴァルティセンか。で、そのスヴァルティセンとは一体何なんだ？ 見たところ氷河のようだが、まさにあり得ないほど青い。それに氷河はあんなに下まで、あの緑の茂みのただ中にまで行けはしない——。

近づいて見ると、それは本当に樺の木の茂みで、栗色とオレンジ色の茸が一緒だ。ここには黒い漿果をつける岩高蘭《がんこうらん》そのものと、地を這う柏槙《びゃくしん》と松、斑点のある蘭、金色の沢菊が生えている。それから褐色の礫岩むき出しの堆石《モレーン》、その後ろに本物の氷河が、ほとんど海に達するまでぶらさがっている。巨大なガラスのような氷の舌が、上のほうの険しい山々の間の粉状の氷原から突き出され、二十メートルもの厚さで、氷の大石、淵、そして棚となる。すべてが漂白剤のように、青い岩場のように、ウルトラマリンのように青い。念のために言うと、それはスヴァルティセン、つまり黒い氷と呼ばれているが、そんなわけであまりにも青いので目が痛くなるほどだ。下の方では紺碧の湖が、トルコ石のように青緑色の氷盤の間にある——。

「そんなに近くへ行かないで」心配げな女房らしい声がする。「とんでもないことにならないように！」

太陽が燃え、氷河の内部で砕ける音がする。青い氷の足もとに、薔薇《ばら》色の撫子《なでしこ》が甘く咲いている。お話しするが、この世にはすごくありそうもないことがあるものだ。時には自分が見たもののすべてを思い出すと、それが現実だったとは信じられないことがあるだろう。それでもそれを今見たのは、まだ幸せなことだ。この氷河は常に動いていて、二万年後には消えてしまうそうだ、と操舵手が言う。だが、その頃までに新しい氷河期が来ることを望もう。あの上のほうでは、氷河は五百平方キロメートルあるそうだ。その氷河に指で触れてみなければ——五百平方キロメートルだ、それだけの価値はある。

やっと遠くから、どれだけの規模かが見える。山々が聳《そび》え、それらの後ろにある白と青、それがスヴァルティセンだ。そしてあの山の背、あれもスヴァルティセン、そ

Svartisen

Grønøy

してあそこの、あんなにきらきら光っているのも、どれもこれもスヴァルティセンだ。それから緑の島々がやって来る。グレンネイという名だ。腰までの草、豊かでいとしい柳の群、樺とポプラ、丸石の上ではイタチが遊んでいる。これがまさに典型的な北極地帯である。愛らしい島々の上方、緑の山羊のようにぼさぼさの島々の上に青い山々の背があり、その背後に金属のように光っているベルトがある。それは常に常にスヴァルティセンだ。

*

生徒としてそれを学んだのは、どれほど昔のことだったろうか——北ヨーロッパには、メキシコ湾に発生する暖かい湾流《ガルフ・ストリーム》が回流している。その頃は、それは強力な流れで、極地の海岸に鸚鵡《オウム》の羽根や椰子の実その他もろもろを運んでくるものと想像していた。ここには椰子の実こそないけれど、何かほかの物があるだろう。わたしは今、北ヨーロッパを暖かい湾流が、または何か別のセントラル・ヒーティングが回流しているのだと信じている。ここへルジェランドは、明らかに特別に魅力的なところだ。緑の海岸の間をゆっくりと流れ、溜息が出るほど感動的だ。他の場所、たとえばグロムフィヨルド——わたしたちの船はそこの発電所の人たちに小麦粉とキャベツを運んだのだが——は、息を呑むほどだ。そこの水はそれほど静かなのである。この世に、こんなにも極度に深いポケットの底のような、神秘的で静かな場所はめったにない。その名はフィヨルドである。それは一般に峻険な岩と岩との間にあって、まったく狭く閉じられている。それは、この世の果て同然に、広い海の中の陸地の最後の突端である。それは、広くてごつい、全体として荒涼たる陸地の真ん中に食い込む、海と呼べるものの最後の突端である。それでも滝の下の岩の一部にはタービンが置かれ、家が一列建てられているが、それがすべて。残りはむき出しで険しい岩の垂れ幕で、壮大なひだがあり、緑の水に影を映じている。海の近くでは、このようなフィヨルドが岸辺の一部となっている。そしてそこには、人間が耕した小さな畑、小屋、広く散在する農村がある。それらからは、平和と夢と、それに鱈の臭いが立ちこめている。なぜなら、ここの土は、鱈の骨を肥料にしているからだ。

Glomfjord

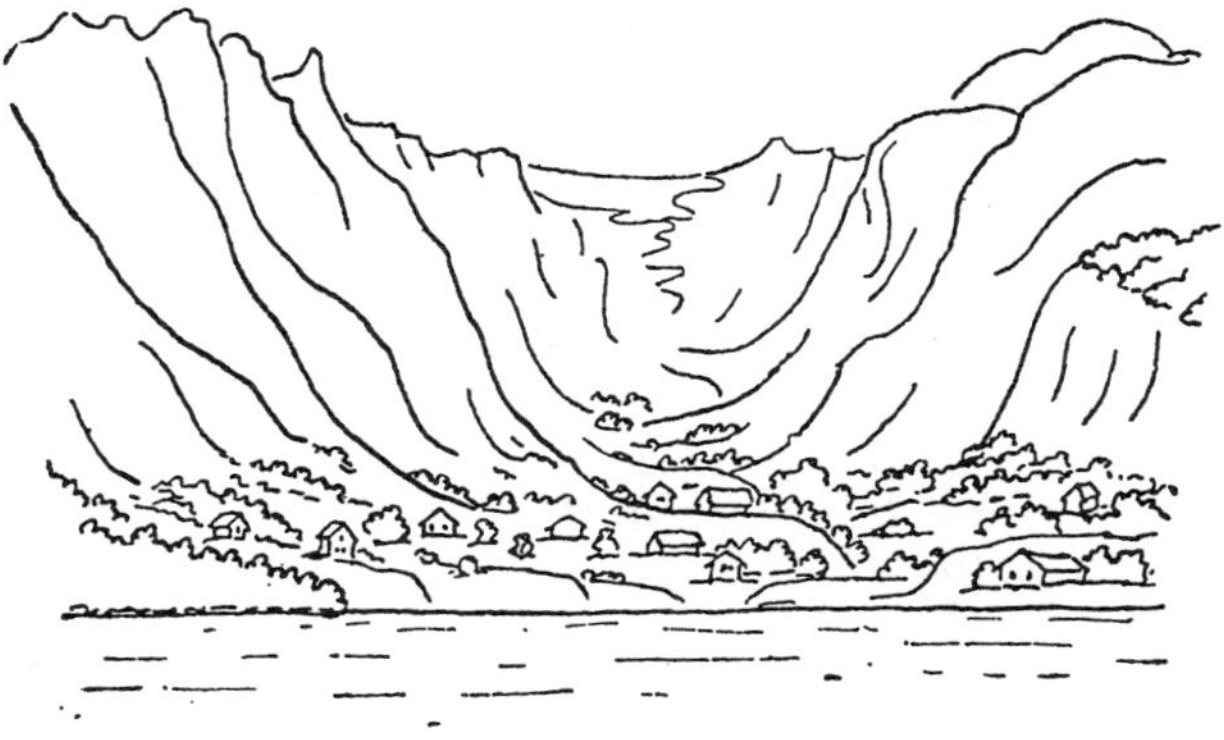

Glomfjord

＊

ありがたいことに、ホーコン・アダルステイン号には教団とかほかの旅行団体は乗っていない。本当に心地よい船である。世界の他の場所がどう見えようとも、ここではわたしたちすべてが、指導者とか牧師とかのいない、一握りの誇り高き個人として存在していた。わたしたちにもそう見えた。仲間どうしの交際は個人としてのみである。同船者は、まずノルウェー人の医師とその夫人、きれいで静かな人たち、栗鼠《りす》の尻尾のように太い眉毛の別のノルウェー男、若いドイツの出版者とスイス人であるその若い夫人、太って縮れ毛で全体的に冗談好きのドイツ人の音楽の教授、それにもう一人のノルウェー人医師。これらのまっとうでさまざまな人たちは世間をよく知っており、この旅ではトロンヘイムのヴィンモノポレットで十分に仕入れをしていた。それからさらに、凝り屋でやせこけて眼鏡をかけたドイツ人の一組の夫婦がいたが、旦那の方は始終甲板の上を走り廻り、機関銃のような速さで右や左を写真に撮りまくり、一方その女房は旦那の後について走り廻り、地図や案内書を見て、あの山は何という名かなどを確かめている。今は、お気の毒にも、緯度線を後にしてから一時間半も経っているのに、この調子では、われわれがノールカップに着く頃にやっと地図の上でギボスタッドあたりをまごまごしているだろう、そのことで家庭争議になりかねない。

それから二人のか弱い老婦人、ノールカップで何をしたいのかわからないが、老婦人は今日ではまさにどこにでもいるものだ。いつかイギリスのエサートン大佐〔エヴェレストの上空を最初に通過した〕か誰かがエヴェレストの峰によじ登る時、そこに老婦人が二、三人いるのをきっと発見するだろう。それからノルウェー人医師がもう一人、ただしハンメルフェストの家に帰るのだ。その人はきれいな赤ん坊連れの若い男やめで、北のほうで桃のような娘を花嫁に貰うことになっている。北での開業はきびしく、若い医者は患者を往診するのに、トナカイの橇《そり》でフィンマルクに行くか、海峡を自分のモーターボートで渡るか、だという。極地の夜、海が荒れた後でガソリンが切れるのは、相当に不快なことだ、と言っている。それから、いわゆるマシニスト、機械技術者がいる。年輩の紳士で、長年ノールカップ行きの船のマシニストだったが、今は陸上のどこかの発電所にいて、休暇であのノールカップを自分で見にいくところだった。ただトロンヘイム以後はまだ起きあがってこない。船室を共用している音楽の教授は、マシニストがすごく飲む、と主張する。純度の高い蒸溜酒とかそんな物だ、と言う。そしてさらに五人のノルウェー人の女教師か郵便局員。集団で現れるが、船での多数派にはならないので、まったく害にならない。そしてノルウェーのボーイスカウトの一団、長い足をした悪たれどもで、船首でキャンプ騒ぎをしている。しかし、

Meløysund

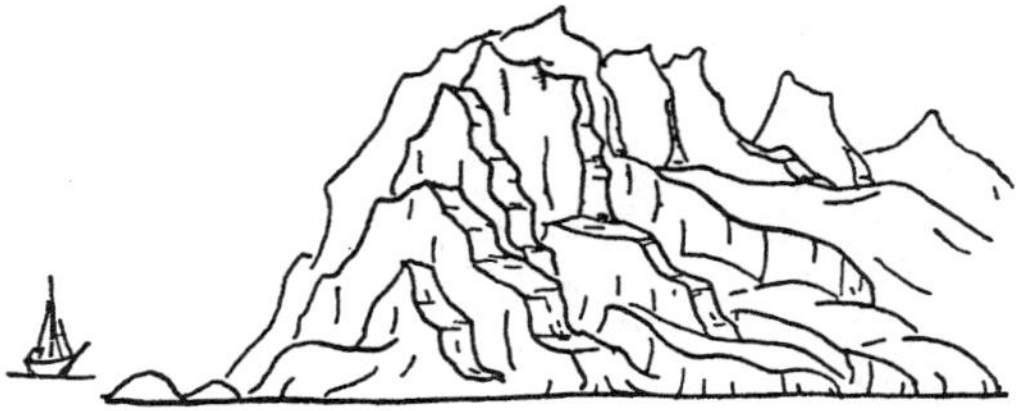

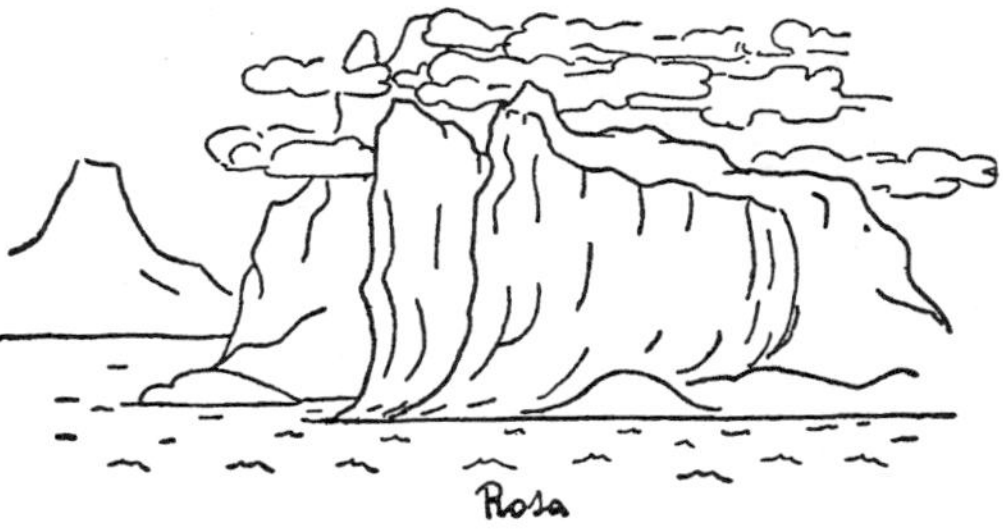
Rosa

これらの人たちは昨日より数が減っている。多分途中で甲板から落ちたのだろう。ロフォーテンではもはや連中はすべて失せていた。

＊

メロイスンドで、甲板の柳の安楽椅子に身を沈めていたマシニストが目をさまし、出版者の妻の若いスイス女性に絶望的な恋をした。重たげな曇った目で女性を見つめ、明らかに素面《しらふ》の症候を示している。

その間、山々はその美しさのすべてを次々と展開する。ここは王冠のように輝き、あそこは曇ってしかめっ面だ。孤独ではっきりした個人性を示すものもあれば、一方互いに手を取りあって山塊を作ることに満足するものもある。それぞれが異なる顔を持ち、それぞれに考えている。あえて言うが、自然は限りなく個人主義者で、それが作り出すすべてに固有の人格を与える。だが、われわれ人間はそれを十分に意識することはない。それでも、われわれはそれぞれの山に固有の名を与えるのだ、人間と同じように。物は単に存在するだけだが、人格はそれ以外に自分の名前を持つ。この山はロタという名で、あの山はサンドホルン、などなど。山、船、人、犬それに湾は、その個人名を持っている。そのこと自体がそれらの個人性を示すのである。

ボーデの町を少し過ぎた所に、ランデゴーデという名を持つ一つの岩がある。その

岩はあまりにも左右対称的なので、まるで人工の装飾品のようだ。その考えは正しいかも知れない。にも拘らず、人々はそれを見に通い、それはロフォーテン群島の輪郭とそっくりだと主張する。あわれなランデゴーデは、金色の空と金色真珠の海に浮かんで美しい青色だったが、威厳を失うほど美しかった。ちゃんとした山は、そんなに美しくてはいけない。そう、それは何かあり得ないことなのだ。「ヤー」と操舵手が言った。「ちょうどここで、去年船が一隻沈没したなあ」

ロフォーテン

われわれは物事を実際にそうであるようには受取らない。その島をロフォーテン群島と複数形で呼ばず、ロフォーテン島と単数形にする。それは島の集合体全部であるにも拘らず、少なからず気前よく海中にばらまかれている島々、岩場、出島、個々の岩を数に入れないのだ。おわかりのように、ノルウェーにある大小合せて十五万の島をひとつひとつ数えるとすれば、結果は目に見えるに違いない。

船室の窓から見えるロフォーテンの朝一番の光景は、何よりもまず、この上なくさまざまな形状の、異常に多い岩石で、びっくりする。それらは全体的にむき出しで、乳白色がかったオパール色の水面に、金色がかった褐色の姿で浮かび、ただところどころ、腋の下から固い草の房が突き出している。波で滑らかにされたきれいな丸石、風雨に曝されて割れた石の塔、礫石の集積物、岩の群、または孤立した石の数々。こ

Lofoten

こかしこに小さな灯台または信号塔、ここそしてあそこに長い棒の足場、おそらく鱈を干すためだろう。こんなふうなのが、ロフォーテンだ。それから甲板に出て、もっと多くのものを見ようとする。そして、この石ばかりの地から発して天に昇っていく山々の花束を見守る。

山々の花束――それ以外に言いようがない。この地は、水桜やライラックが開花するようになる以前には、花崗岩が花を咲かせた世界だったことが見てとれる。「そして神はおおせられた。天の下の水は、一つ所に集まれ、そして乾いた場所を示せ。そしてその通りになった。神は乾いた場所を陸、水の集りを海と呼びたもうた。そして神は、それを良しとご覧になった」(『旧約聖書』「創世記」第一章第九節)。それは最終的にとてもよいことだ、いやまさに素晴しいことだ。しかし、ロフォーテンには乾いた場所が一つならず生じて、それらを神は、モスケネス島、フラックスタッド島、ヴェストヴェーグ島その他多くの異なる呼名で呼びたまい、しかも特別な力を与えたもうた。そしてその乾いた場所には、世界の他のどこにもないほど多くの岩や石がはびこり始めた。そこでは山々が、森の中の木のように生長し始めたのである。花崗岩は当地に十分あり、まるで水から湧いてでるように育ち始めた――実際、まさに水からじかに生えてくるのだ。ある部分はトネリコやオークや楡《エルム》のようで、他のものは高く

Lofoten

聳《そび》え立ち、樅《もみ》や樺やポプラのようだ。そしてロフォーテンという名の山々の庭園さえ生み出した。それは「良きもの」だった。それは、むき出しの岩、とただ言われる。しかし、むしろ、何か噴き出してくるもの、恐しい豊かさ、富裕という印象を受ける。空しき栄光と言うべきか。それぞれの徹底的創造は余計な仕事とされるが、山々でさえも十分なファンタジーなしには作られないのだ。だから人はロフォーテンまで行って、あらゆる材料から、花崗岩、片麻岩、雲母、スレートの原石のような硬い物質からでさえ、これだけの物ができるのだということを見るべきである。

人間について言えば、岩から何かを利用することができず、それゆえに神が海と名づけた水の集合体から生活の糧を得ている。鰈《かれい》や平目、鮭、海鱒などの漁もするが、主に鱈《たら》である。バルスタッド、レクネス、スタムスンド、ヘニングスヴァーエル、またはカベルヴォーグのような名前の場所では、どこにでも針のような岩の上に木造の波止場があり、そこでクレーンがけたたましい音を立てて、南方の産物、キャベツや小麦粉、セメントや赤煉瓦を荷揚げしている。そしてその代りに荷積みされるのは、鱈の入った桶、鱈の入った樽、鱈の入った箱、または何百もの干鱈の束《たば》である。それらは薪のようにロープで縛られ、何か乾いてねじ曲り、干からびた樹皮のように見える。ひどく鼻をつく異臭が、これは何か食べるものだということを示すのだ。そこにはほかに一ダースほどの木造家屋があり、その中の九軒はカフィストヴァと言われる小さなカフェで、他に郵便局が一軒、缶詰類や菓子や煙草を売る店が二軒、そして地方紙『アヴィセール』の編集局がある。その他のすべては（電信柱と岩を除き）鱈で、長い棒やワイヤーや掘立小屋にぶら下がり、腐った膠《にかわ》の悪臭を放ち、ノルウェーの微風の中でかさかさとそよいでいる。ロフォーテンの漁師たちの暮らしぶりをもっと多く知りたかったが、一年のこの時期には、春に漁した鱈をただ干しているだけであろう。きびしく英雄的な暮らし、そう言いたいところだ。

Henningsvaer

たとえばメルボ（今はもうヴェステローレン）のように、鱈干し用の掘立小屋が一番大きな建物であるような場所がある。それは丸ごと鱈の大聖堂で、オルガンの代りに何十億もの蠅が羽音を響かせ、北の香煙のように鱈の臭いが天に立ち昇っている。そしてその周囲には、ちょん切られてからからになった鱈の頭蓋骨が、挑むように人間を睨みつけている。そこ（つまりメルボ）には緑の入江の上に橋がかかっている。その入江は同時に、そこらのごみ捨て場になっていて、通行する人は時間をかけて水の中に唾を吐き、入江の底をのぞき、古い缶詰、死んだ猫、ヒトデ、海藻、こわれた鍋、タイヤ、瀬戸物の破片や屑、非物質化されて銀色やトルコ玉のような妖しい燐光を放つすべての物を、緑色の水のプールの中に見ることができた。その沼の中にのろのろと烏賊《いか》が集まり、海底には一本の開けられていないビール壜がぽつんと立っていた。壜をそこに立てたのは、誰か潜水夫か、さもなければ海の神様だろう。

旅人はまた、船がロフォーテンで小麦粉の荷下ろしをしている間に海岸に降りて、たとえばカベルヴォーグから徒歩でスヴォルヴェルまで行くこともできる。そして岩ばかりのむき出しの海辺の彼方に、箱柳や榛《はん》の木が豊かに茂った、アルプスのような緑の地を発見しさえする。木造の家々にはそれぞれ庭があり、トリカブトや鹿子草《かのこそう》が仰々しく、ほとんど狂ったように咲いている。それぞれの窓には真紅のゼラニウムや、

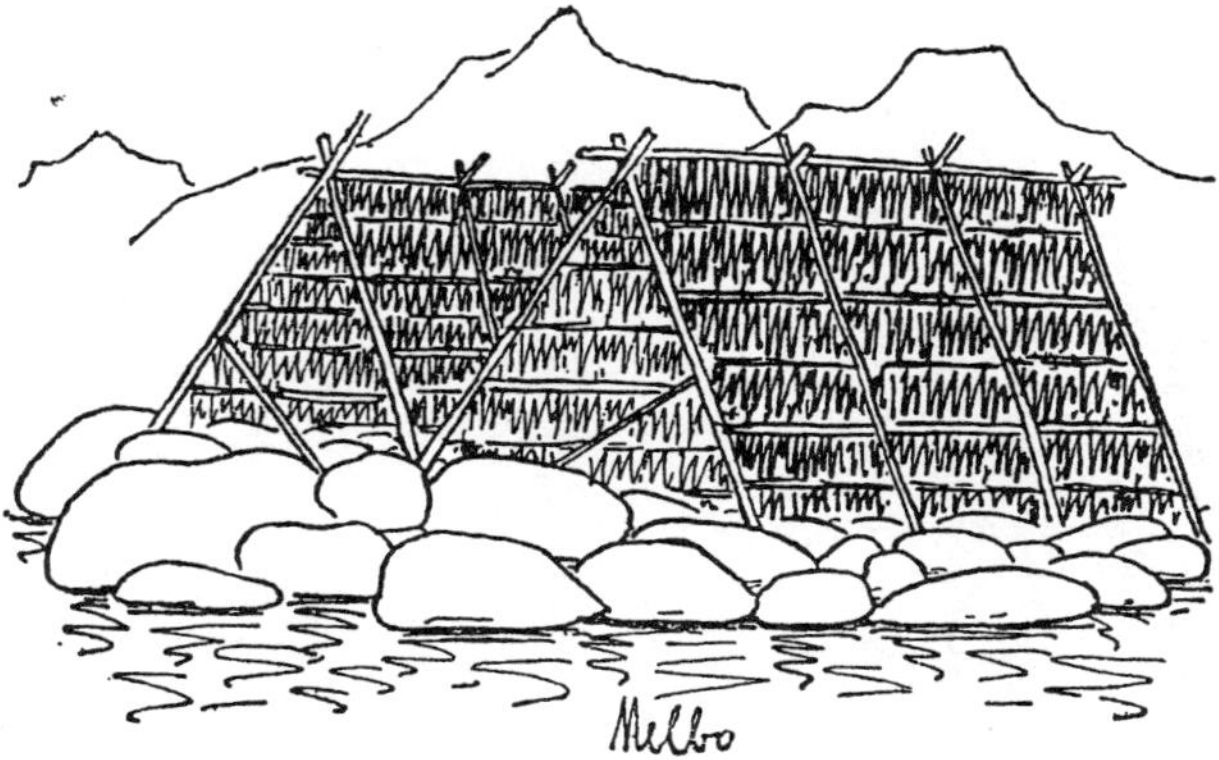

暗赤色の大輪のベゴニア——この北極圏で何という花の祭典だろう！　そして波静かな入江を見つけ、そこで北緯六十八度上での入浴と日光浴をしたが、それが強い青に染まる、すばらしい入浴だったことをここに証明する。そして旅人は、漁用の網の間で、土地の住人が提供してくれた小屋で歯をがちがち鳴らしながら服を着る。蔓薔薇《つるばら》が咲き、トマトが栽培されている温室を見て、それからスヴォルヴェルからさらに遠く、ブレッテスネスのあたりまで航海する。そこには何があるだろうか？　何もない。小麦粉をそこへ運ぶのだ。そこの人たちがわれわれを見物にやって来て、土地の美女たちが栈橋を散歩し、二、三人の冒険好きの若者がわれわれの船の甲板に昇って来て、物知り顔に船全体を見て歩くだろう。どこでもそんなことをするんだ、北国の感情と楽しみにふさわしいんだろうね。ほとんどどこへ行っても、桟橋には灰色のむく毛の犬がわれわれを待っていて、甲板に這いあがり、われわれの足にじゃれる。そして船が三度めの汽笛を鳴らす時、操舵手が首ねっこを摑えて犬を船から放り出さなきゃならない。まるで、いつも同じむく犬であるかのようだ。どの波止場の前でも、重たい尻尾を振って〝おれたちの犬〟が歓迎してくれるのを誰もが楽しみにしている。

いざさらば、犬公よ、われわれは航海を続ける。そしてここはラフトスンデト、山々の峰の間の、波静かで明るい水路である。氷河と塔と峰の列を縫う旅、堆石《モレーン》の砦と雪崩の間の旅、連列する山々に分け入る巡礼。この旅はウルティマ・トゥレ（極北の地）、この世の果ての王の館を目指す航海となるべきだったが、メルボまでしか行かない。どこへ航海しようとも、もう同じことだ。どの波止場も、夢である旅の現実の停止点に過ぎない。しかしラフトスンデトを出て航海する時には、もはやどこへも行かずにただ鏡の中で船と共に消えて行くべきだろう。それからメルボやストックマルクネスの人たちは、ホーコン・アダルステイン号が到着しないのはどうしたことだ、と尋ねるだろう。そう、到着しなかった。ラフトスンデトの魔力そのものによって消えてしまい、幻の汽船となってしまったのだ。それはいつかウルティマ・トゥレに到着するだろう。

この地球の上ではどこでも、正午ごろの時刻には、世界は平凡で平静で、やや面白味を欠くように見える。そのわけは、太陽が空高くにあり、短い影しか投げかけないからだろう。それは物にその真の形をけっして与えない。しかしここ北国では、事態は異なる。ここでは太陽が常に地平線上の低い所にあるので、わが国で日が傾く頃のように、物の影は長く豊かである。わが国で午後おそくの魅惑的な時間になりつつあり、光が金色がかって影が長くなり、物が表舞台から引退してその輪廓が、白日の鋭い日射しの中とくらべてより微妙に、より浮き上ってくる頃のようだ。その時、人は

世界の顔の貴重な細部をありありと、魅力的で気高い遠景と共に目にするのだ。北国の昼間は午後五時の微妙さを持っている。もしわたしが選ぶことができるなら、そう、北国の光を与えよ、と言いたい。

突然ホーコン・アダルステイン号が動き出し、岩の障壁にまともに向かって進む。あわやという瞬間に、そこに狭い隙間ができ、船は切立つ断崖の間を通り抜け、鏡面のように静かで動かぬ水路へと入り込む。そこは妖精の入江すなわちトロルフィヨルドである。そこはまた、その名にふさわしく見える。ノルウェー語の専門的情報源から引用すれば、トロルフィヨルドとは——〝en viden kjent fjord, trang med veldige tinder på begge sider〈両側の岸壁が影を落とす非常に有名なフィヨルド〉〟である。「begge sider」とは「両側」の意味で、「veldige tinder」とは多分「岩壁」のようなものだろう。実際、そこには両側に添って岩の壁があるが、それは別に不思議ではない。もっと恐しいのは、どれが上でどれが下か、確信を失うことだ——それほどそこは音もなく底なしに鏡のようである。船さえも、まるですっかり恐怖におびえているかのように、音もなく幻のように揺れている。狭い帯状の空間の上に白雲が浮かび、上にも下にも、深い地の裂け目のように落ち込む断崖が両岸に迫っている。そして遥か上方にフィヨルドの青い空が開けている。わたしにはわからないが、このようなものが何かあの世にあるのではないかと思われる。あの世では、いろいろな物も無限と非現実の海に漂っているのだろう。あの世では、人はひどく不安になるに違いない。

＊

何か言われないように、おまけとして、ロフォーテンの絵にヴェステローレン全体の絵をつけ加えてお見せしよう。それも群島なのだが、全く独立する、というわけにはいかなかった。そこで、たとえばヒン島の一部はロフォーテンとして数えられ、別の半分はヴェステローレンとなるが、アウストヴォーグもまさにそんな感じである。わたしとしては、それらの場所をロフォーテンであると決定したいのだが、その地の島々の、それぞれの個々の事情に介入するつもりはない。

ヴェステローレンは、干鱈と厚い雲に富んだ場所である。われわれの船がそこへ行った時、丁度若い黒雲が孵化するところだった。岩の大きな釜から球形のもやが立ち昇り始め、するすると高みに達し、山の頂にまとわりつく。そこでしばらく旗のようになびき、ほどけ、崩れ、ばらばらになり、別れていくが、両手に包んだ雨を鋼鉄のような海面に降らす。この瞬間、わが国では気象台が、わが国の各地方に北から悪天候が迫ることを書きたてるのだ。また別の時には、再び白雲が空を流れ、険しい山にかかって進めなくなる。自らを解き放そうとし、もがくが、何となく分裂するかどう

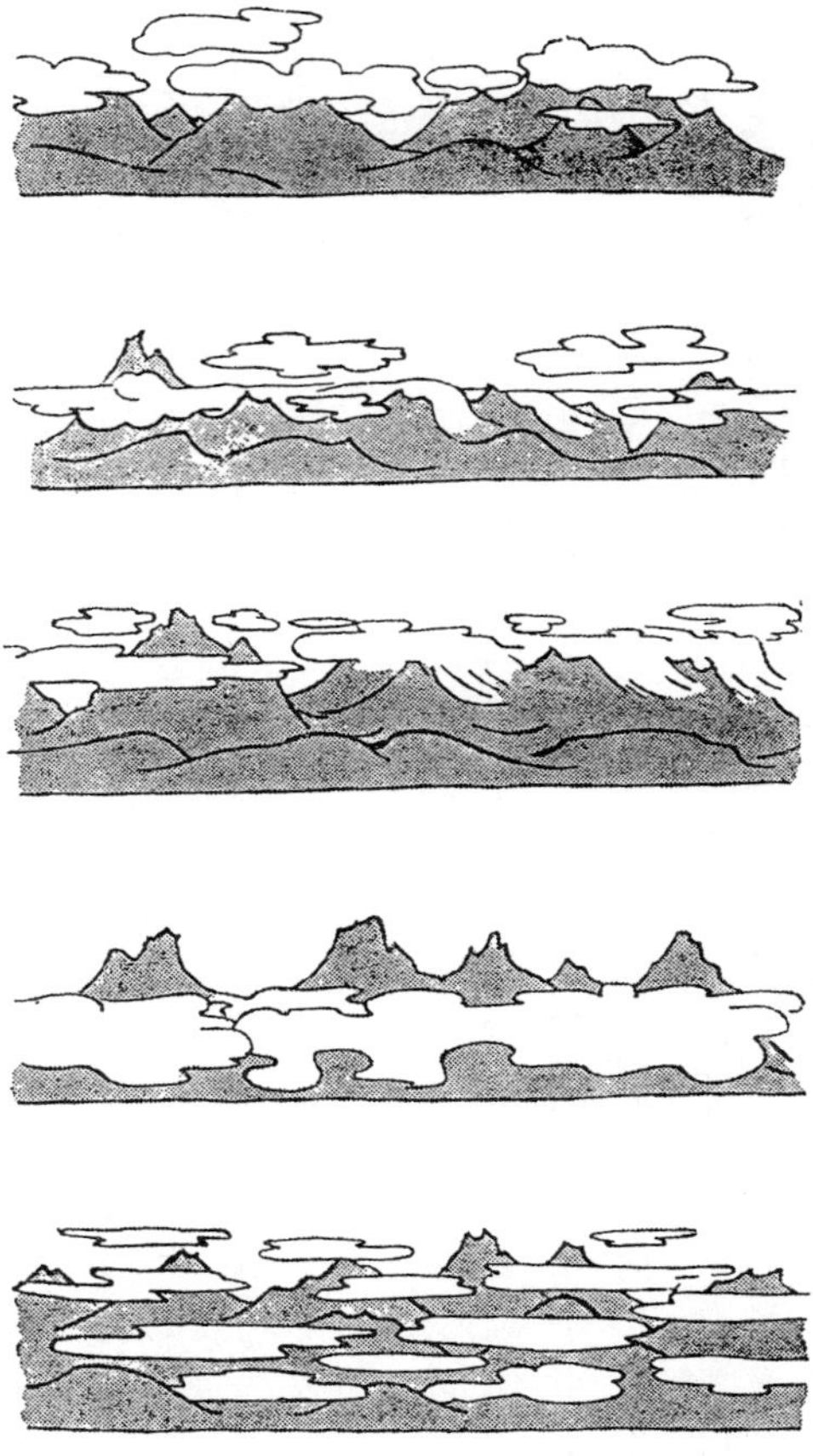

Kasteröken

かしてしまった。だらりと垂れ下がりはじめ、ゆっくりと降りてきて、重い羽根布団のように山々にもたれかかり、濃い粥か生クリームのように一面に流れて、それからみじめに、弱々しく、無力な様子で線状のもやとなって消えてゆく。このようにして、山々の頂には注意を払わずに進行する。しかし、この山の膝もとにかかるぼろ屑のようなもやが、再び思い返してするすると高みに達し、同じことを繰返す。こんなやり方で、ヴェステローレンでもアイスランドでも、グロンスクその他の地でも、黒雲が作り出されている。

＊

乗客のあのマシニストは、メルボで再び飲んでいたが、今回は悲しみのためだろう。わたしの考えでは、それはあのきれいなスイス女性のためだった。純度の高い蒸溜酒をストックマルクネスまで飲み続けたが、ソルトランドの手前のどこかで人事不省に落ち入った。かれと船室を共用していたドイツ人の音楽の教授は、辛抱強く毛布で包んでやり、一晩中、かれが生きているかどうかを心配して見守っていた。一晩中、と言ったが、少しも夜ではなかった。午前零時頃いくらかぼんやりとして妙な感じになり、胸が締めつけられ、皆は静かになって、本来陽気なドイツ人の教授が目に涙を浮かべて自分の母親の死について語ったが、その後は再び白日に戻った。さてどうすべきか。就寝するが、なぜなのか実際わからない。そしてだしぬけに、ガタン！

「あの音、聞いた？」

「む」女房持ちはつぶやく。

「何かにぶつからなかった？」

「ネエエイ」

「じゃあ、あの音は何かしら？」

「——————タイヤでも破裂したんじゃないか？」

タイヤではなかった。われわれの船からほんの少し離れたところにいた捕鯨船が、鯨めがけて銛《もり》を発射したのだった。運悪くそれを見ることはできなかった。

トロムス

「リット・バグボルド〔少し左へ〕」船橋《ブリッジ》に立つ小柄なオフィサーが指示する。

「リット・バグボルド」舵輪を操る男が復唱し、ぐるりと廻す。

「ホールト・バグボルド！〔ぐっと左へ〕」

「ホールト・バグボルド」

「ステディ！〔ずっとそのまま〕」

「ステディ」

ここで左へ。そこにあるのはトロンデネス・キルケ、今でも塀に囲まれている、この地方最古の石造りの教会《キルケ》である。灰色の曇り日、白い波頭の見える灰色の海で、時々冷たい雨がはねかかる。下の船室ではマシニストが、がたがたふるえている。もう二十四時間目をさまさず、太ったドイツ人の教授は心配のあまり病気になりそうで

Trondenes Kirke

ある。教授はノルウェー語が一言もできず、マシニストはすでにトロンヘイムから全くしゃべることができない。だが、人々がひとたび一緒に生活するからには、いまいましいが、互いにいささか感じ合うものがあるのではないか？

「リット・スティルボルド〔少し右へ〕」オフィサーが言う。

「リット・スティルボルド」

「ステディ！」

「ステディ」舵輪を操る男は復唱し、青い眼で乳白色の水平線を見る。

黒雲が上がりつつある。きれいな日になるだろう。この湿っぽい、灰色がかった小さな波止場は、ロラだ。ただもやと石と鱈だけで、その上空には山々、常に常に山と黒雲ばかりだ。ロラの人たちに小麦粉を荷下ろししてから、再び別の黒雲を見に船で行くことになる。ちきしょう、風の当たる側では、骨の髄まで凍りつきそうだ！　船長さん、気圧計はどうだ？

「下がってます」

「間違いでしょう、ね？」

「ネエエイ、大丈夫です。西風になるでしょう」

見たまえ、波止場の建物の梁の下の、緑色のたそがれの光の中に、虹のようなくら

げが巨大な咴のような姿を現している。金色や赤のヒトデががっちりした肩を広げ、ここに群がる小魚たち、そして水面にはね返り煌めく永遠のうねり——本当だ、冷たい。しかしここが、その冷たさの代償としていかに美しくも悲しいか、見えないだろうか？

＊

篠突く雨がにわかに甲板を叩き、海も岩も銀の織物で覆われる。濡れた板が日光に当って水蒸気が立ち昇り、虹が見事なアーチを海と山の間にかけ、明るい通り雨が降りかかり、やがて柔らかく輝く晴天となる。操舵手がわれわれを案内して、トロムス地方の内陸を見物させる。そこはかれの生まれ故郷なのだ。「ヤー、トロムス」若い

巨人は呟く。「ここを見た後で、あんた方は、南のほうの自分たちの国もこんなにきれいかなあ、と言うに違いないよ」そして、案内してくれたのは、樺と森の長い谷間、音高い激流の谷間、芝土に覆われた木造の小屋が並ぶ谷間を抜けて、山に通ずる道だった。樺の茂みの中の、青い鱒の群に満ちた小さな湖。山の麓に流れ落ちる小川、古い岩石雪崩の跡、遠い昔に成長した森、クランベリーの仲間が生えている泥炭層、羊歯《しだ》、沼と紺青の柳――操舵手の言葉は本当だ。谷底の影深い湖、褐色の川底石の上を流れ落ちる緑色や銀色の川、山々にかかる滝の白いヴェール――操舵手の言葉は本当だ。

褐色の村の後ろには、全体が芝土の掘立小屋があり、そこにはわたしたちが初めて会ったサーミ人〔*1〕たちがいる。彼らはそこに定住しているのだが、ひどく憐れだった。大勢のちびどもはくる病そのもので、山鼠《やまね》のように臆病だ。みすぼらしい小屋は、細い木舞《こまい》〔木や竹の棒〕の骨組で、その上に芝土を置き、少しの石と棒とで支えている。上部には金属パイプが刺されている、という状態だ。小屋には少なくとも一ダースの人たちが住んでいる。何で食べているのか、それは知らないが、物乞いもしなければ盗みもしない。その人たちの多くは金髪で眼の色は明るいが、眼そのものと頬の骨格でその人たちだとわかる。もはや別の世界なのだ。

操舵手の言葉は本当だ。北国の森は限りなく深い。それがたとえねじ曲りひねくれ

た樺の木であっても。それらの白い幹は、いささか幽霊じみている。たとえ細く瘤だらけの松であっても。たとえ小人のような榛《はん》の木や柳の茂みであっても。たとえこれまで人や雪崩その他の災害がやって来なかった、かつて森であったものの名残りの株や根っ子に過ぎなくても。それは森と言うよりはむしろツンドラである。土がとても少ないから、電信柱を地面に埋め込むことさえできず、立てるために石で囲わなくてはならない。何マイルにもわたって道に（わたしはもちろん、船乗りたちのマイルで数えるのだが）人の住居はない。ただ壊れたサーミ人の小屋があるだけだ。それでも、ツンドラ地帯には、樺の幹に郵便箱がぶら下がっている。その箱から誰が自分宛の郵便物を集めるのか、もしわかるなら、クリスマスのお祝いや、さまざまな町や国からの絵葉書をその人に送り、北国の森の中のこのさびしい郵便箱に届かせてやりたいものだ。この山の中では鱈《たら》を干すことはできないから、長い小屋の上にはせめても泥炭を乾す。そのすべてをわたしは描いた。それは操舵手の言葉が本当であること、トロムスはこの世で一番美しい地域だ、ということを皆に知ってもらうためである。角のないノルウェーの牛が、樺の木の間でちくちくする草の穂を食《は》んでいる様子さえ描いた。だがバルデュフォスの光景を描くことはできなかった。それはあまりにも大きすぎる。それに、その絵を見る人たちが頭を捻るように、泡立ち、飛翔し、轟きわたる

この水の中に飛び込みたいという恐しい気分になるように、滝をどうやって描いたらよいかわからない。その代りに、わたしはモールセルヴの谷を描いた。そこには湖のように静かな川があり、平底の渡し舟で川越えをした。上方の雪は薔薇《ばら》色で、山は豊かに輝き、モールセルヴの谷は青く、緑で、そして金色だった——そう、操舵手の言葉は本当だ。ヤー、エン・ヘルリグ・トゥール〔そう、すばらしい旅だ〕。

おまけとしてバルドゥの谷とモールセルヴの谷のノルウェー風の家を描いた。ご覧のように、それらの一部は高床式に、一部は石積みの土台の上に、雪と水に備えてだろうが、建てられている。褐色の梁と厚板の枠組みで、垂直と水平と交互に置かれ、それがノルウェー風の小屋に特殊で特徴的な形を与えている。きれいに彫られた鎧戸があ

り、窓には花が満ち、屋根の代りに苔や草や柳や、時には樺や唐檜《とうひ》さえもが、ふさふさした帽子の役をする。まさに、操舵手の言葉は本当だ。

「ヤー」若い巨人は呟く。「でも待って下さい、トロムセを見るまではね」トロムセには操舵手の妻がいるのだ（❖1）。

＊1　スカンジナヴィア半島北部ラップランドに住む民族。原文では Laponci（ラップ人）とあるが、ラップランドは辺境の地という意味で蔑称のため、いまではサーミ人と称するのが普通。

❖1　トロムセは〝北のパリ〟と言われ、トロムス地方の首都である。人口一万人、ヴィンモノポレットの所在地、僧正区であざらし探検の基地。その他、博物館や美しい周辺や北緯七十度に位置することで有名。絵葉書、チョコレート、ラップ〔サーミ〕風の厚いスリッパ、タバコ、同様に北の毛皮の活発な商売。記念にセイウチの新しい頭を買うことができたが、あまりにも大きく、恐しく臭かった。トロムセの歩道には、民族衣裳を着たサーミ人と北極熊の剝製が多いが、トロムセについてそれ以上のことは知らない——ただ、ここからアムンゼンがフランスの飛行士たちとその最後の北への旅に飛び立った、そのことを波止場のすぐそばの記念碑が語っている。

海峡とフィヨルド

言葉をうまく扱えないことをわたしは心得ている。言葉を使って、愛とか野の花については語ることはできるが、岩に関しては困難だ。言葉に、山の輪郭と形をどうやって描写させるか？　それを幻想的な輪郭だとか、荒々しい峰とか、どっしりした山塊とかそんな風に言うことは、わたしも知っている。しかし、そんなことではない。ただの言葉だけでは、山の背を親指で撫でるようにとか、最高頂を一つまみ分手に取って、その角《かど》、裂け目、断面に触れて喜ぶようなわけにはいかない。言葉では、山々の分岐、それらのごつごつした背骨、強力な手足と筋肉のつながり、恐しい首筋、腰と尻、肩と腿、膝と腕、関節と筋肉を掌全体で触れるようなことはできない。神よ、何という解剖の仕方、何という美しさだ！　何とすばらしい裸の獣だ！　あえて言うが、これらすべてを、眼に見せ、触れさせることはできる。なぜなら、眼は聖なる道

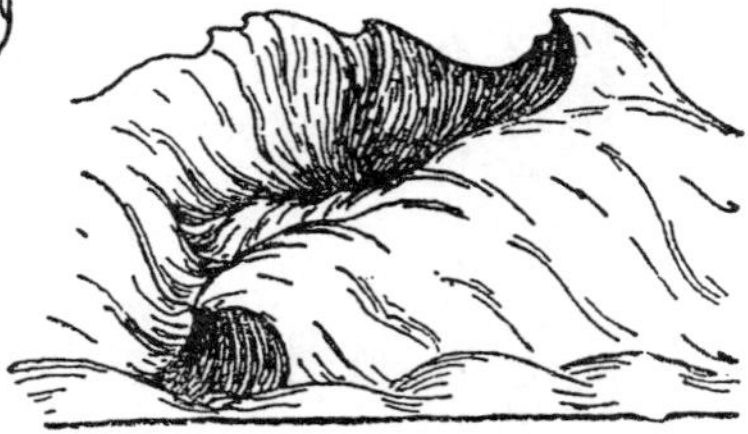

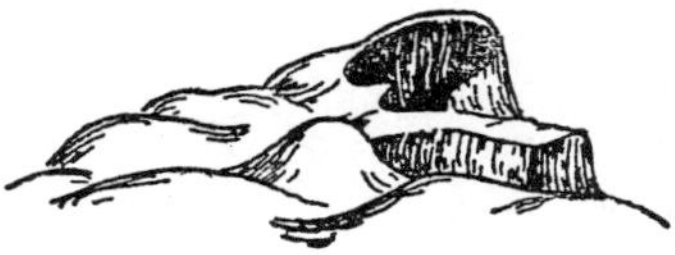

Lyngsfjord

具で、脳の最良の部分なのだから。眼は指の先よりも敏感で、ナイフの切先よりも鋭い。眼はすべてを扱える。しかし言葉は、言っておくが、ここでは役に立たない。わたしはもはや、自分が見たものを語れぬだろう。

白状するが、かよわき指で、わたしは自分の見たものを描こうと試みた。風が吹こうが吹くまいが、わたしは山また山を描かねばならない。ここは、恐しくたくましく、運動選手のように筋肉の盛り上がった背中、休息している獣のような下腹部と尻。またここは、まるで誰かが割れた石からスコップで掬い上げて投げつけたかのように、砂でできているように明るく砕けている。またここは、まるで堆石《モレーン》の肘かけと氷河の背もたれがついた、ファラオの玉座のようだ。ここは、氷河に浸食されて窪み、まるで火山口のようであり、ここは、削られて薄片のようになり、ここは、スレートのピンが密生している、など他にもいろいろある。わたしがせめて地質学者だったら、すべてがどんなふうに生まれたのか、知ろうとするだろうに！　わたしは風上に向かってノートの上で凍った洟《はな》をすすり、風下に向ってこごえた両手をこすり合わせ、山を一つでも見逃がさぬようにした。だがどうしたらよいだろう、いつも適切とはいかない。雰囲気と色彩は描けない、それは言葉か何かで描写すべきだろう。そこは薄暗く、玉髄《カルセドニー》のように半透明で、金属のように滑らかで、織物のように長い。このよう

Tromsøysfjord

に金色で斜めに射す光、このように色が変りやすく、明るい、サテンのような海、このように青い、響くように清潔な大気。そして、海が陸と接する所は、細い銀色の線で、水銀のように光っている。しかし、海に関するかぎり、鉛筆も言葉も、もはや、なすすべがない。

実際に、平凡な開けた大洋については特に言うこともない。それぞれの瞬間に、恐しい藍青や冷たい灰色やオパール色に広がる明るさになる。櫛状の高波の白さで縞模様になり、短い鋭い波に逆立ち、あるいは重い海のうねりで長いうねができる。だがそのすべては、あえて言うが、ノルウェーの海峡の水にくらべたら何ほどのものではない。ここでは山の湖のように細かい銀色のさざ波が立っている。島の岬を回遊すれば、海峡は鉛のような灰色になり、白い波頭

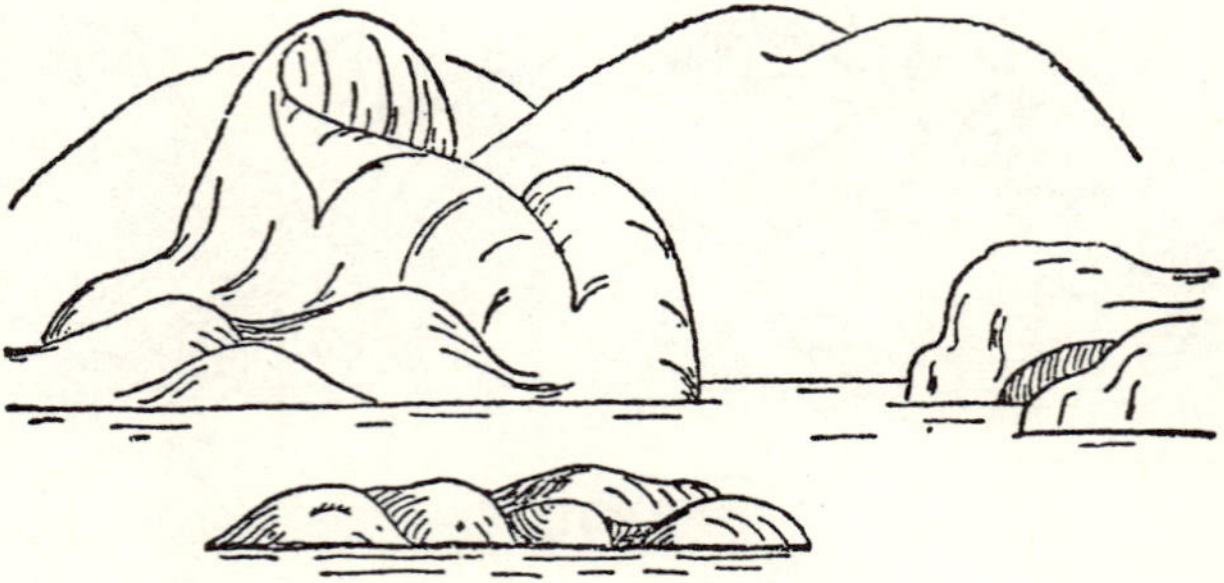

を立てた長い波が、船に手を差しのべ始める。あの水平線上の波、あれがよいだろう。まともに船に向かってうねり、今やその全力を奮って、轟き、咆哮し、襲いかかる。だが、波は計測を誤り、途中で切れ、われわれはただただ震えるのみだった。しかし、もう次の波がやってきて、船の下から襲い、尻にどしんと衝撃を与える。われわれを上へ持ち上げるのを感じるかい？ハッハ、そうだった！　そう、今われわれは落ちていくが、一方船尾は上がっている。どこまでころがるのだろうか？　波は停止し、しばらくためらう。それからばたんばたん、ざわざわと音がして、ホーコン号全体がしなやかに、片側から反対側へ、船尾から船首へと同時に揺れ、甲板にまで水がはねかかる。巡礼は手すりにへばりつき、喜びのあまり叫ばんばかりだった

——おまえ、これがあるべきことなんだぜ！　注意、注意、今まともなのが行くぞ。白い鋭い爪を持ち、飛びかかろうとするように身をかがめている。そして突然、船の下に姿を消す。とんでもない、姿を消したんじゃなかった、もうわれわれを捕えたのだ。船首は猛然と跳び上がる、そしてどうなる？　別に何も。船全体が泳ぐようにして滑らかに降下し、すべての関節を喜びで軋ませる。そして今は、たとえば再び島影の風下の位置にいる。ただ短い波が船腹に押し寄せて、不快な震動を与える。海峡の向うでは銀色の線が光る。だしぬけにわれわれは、柔かく心地よくさざ波を立てる長い湖を航行している。何千もの細かい煌めく水面が、頂に白い雪を持つ金色や青の岩の姿を映す。海峡はせばまり、岩と岩との間の小径に過ぎないように

なる。ここでは水は、全く現実離れした状態で沈み込み、深い緑色となって、油のように滑らかに、夢のように静まりかえる。その中の恐しい純粋な山の姿をさざ波を立てて散り散りにしないように、呼吸さえしてはならない。ただ船の背後には、竜骨に当たって波立つ水の、すばらしい孔雀の尾羽のような航跡が長く引かれる。山々も割れて、広く明るい青空が一面に開き、輝きを増すために水は絹のように波打ち、真珠のように煌めき、油のような柔らかさを見せる。柔らかく空を滑べる薄明りが、金色や紫水晶色の山々の連なりをその中に映ずる。神よ、それについて何を考えるべきか！　しかし、それでもなお、依然として釈然としない。海峡は海峡に過ぎないが、一方フィヨルドは、どう言ったらよいか。要するに、それはもはやこの世離れしていて、描くことも、叙述することも、ヴァイオリンで演奏することもできない。皆さん、わたしはそれを諦めます。この世のものでないものについて、どんな情報を与えることができようか？　要するに岩ばっかりで、下の方には滑らかな水があり、その水にはすべてが映されている、というわけだ。これらの山々の上には、万年雪が積っており、滝がヴェールのように流れ落ちている。水は半透明でエメラルドか何かのような緑色、そして死か無限のように平静で、銀河のように恐しい。これらの山々は全くもって現実味がない。なぜなら、山々は岸辺に立っているのではなく、ただ底なしの鏡の中にあるのだから。申しあげるが、それはただの幻なのだ！　現実の世界で夕べの時間が迫る時、時に、その水の中からデリケートな霧のヴェールがまっすぐに立ち昇り、その中から、宇宙の星雲から吐き出された山々の頂や連なりが姿を現わす。おわかりだろう、ここは別世界なのだ。そうお話ししなかっただろうか？　われわれの船は、現実のホーコン・アダルステイン号ではなく、影の船で、声もなく沈黙の海の上を漂っている。そして零時。人類の惑星では真夜中と呼ぶ時刻だが、この別世界では夜もなければ時間もない。わたしは真夜中の虹が岸から岸にかかっているのを見た。金色のやや温い日没がひんやりする朝の薄明りの中で海に反映し、わたしは夕焼と朝焼が一緒になって、揺れ動く水の輝きの中に流れるのを見た。お日様の銀色の櫛が、きらきら光る海面を梳《くしけず》っていた。今や海の神々の輝く道筋が、水面に恐しく光り始め、昼間になった。おやすみ、おやすみ。何となればもはや昼日中《ひるひなか》、一時なのだから。山々は輝く太陽のヴェールをかけ、北に向っては開かれた海峡が白く光り、海は冷たくしぶきをあげ、甲板に一人残った旅人は、寒さを感じながら新しい本を読みはじめた。

港と停泊地

本当に、港のことはほとんど忘れていた。だが、当地には何もない。ただリングセイ港とシエルヴ島と、何という名だったか、鹿子草《かのこそう》やオカトラノオ、アカシア属の低木や踊子草《おどりこそう》がたくさん咲いていた所は別だが。今となっては同じことだ。ただ、リングセイ港には、干されている漁網の間に白い木造の小さな教会とツーリスト用の小さな二輪車が多数、そして少し離れた緑の谷間に、本物のサーミの遊牧民の幕営地がある。サーミ人たちは、ツーリストシーズンの到来と共にここへ移住してきて、この地でかれら本来の半野生的生活を送り、トナカイを育て、呪術を行い、トナカイの角の彫刻のナイフ、ラップ〔サーミ〕風のスリッパ、刺繍、それに北極犬をツーリストに売って暮しを立てている。わたしの知るかぎりでは、サーミ人たちはナルヴィク、トロムセまたはハンメルフェストの各所を、絵になるような衣裳（細身のズボン、嘴《くちばし》

Lyngseidet

形の樹皮製のわらじ、締めつけるようなジャケットと赤い房のついた帽子）を身に着けて動き廻り、木製のスプーン、毛皮、トナカイの角を外国人たちに売っている。さらに、テントの中で暮し、写真を撮らせている。それ以外には非常に控え目で細かく、進歩的でない。そして驚くほどの、本当に野生の耳を持っている。

「チャペック！」とわたしはチェコ語で呼びかけられた。「こっちへ来てこのちび小僧を見てよ！」

「チャペック！　こっちへ来てこのちび小僧を見てよ！」サーミの女の一人が歯をむき出して笑いながら、完璧に明確に繰返した。

「チャペック！」しわだらけの老爺が唸るように言った。「こっちへ来てこのちび小僧を見てよ！　チャペック！　チャペック！」

「チャペック！」テント村の全員が叫んだ。

「カレル、あれが聞こえる？」わたしに向かってチェコ語が話しかけられた。

「カレル、あれが聞こえる？」テント村が楽しそうに繰返した。

「チャペック！　こっちへ来てこのちび小僧を見てよ！」

「チャペック！　チャペック！」

「とんでもない連中だな」わたしは驚いて大声を出した。

サーミの老婆が重々しくうなずいた。「とんでもない連中だな」と老婆は言った。「カレル、あれが聞こえる? チャペック! こっちへ来てこのちび小僧を見てよ!」

(このちび小僧をここに描いた。残念ながら、小僧は売り物ではなかった)。

*

そうだ、だがそれらの港を忘れないようにしよう。港はすべて似たようなものだが、ただ大きさが異なる。場所によってはただの木造の小屋が一つあるだけで、それ以上はない。または一軒か二軒の漁師小屋があり、それはその下の石と同じように褐色や灰色である。他のどこかでは、波止場とそのずんぐりした倉庫のまわりを、全部木造の小さな町全体が囲んで、小さなホテルが一つ、カフェが九軒、よろずの物品を備えた商店《フオレトニンゲル》が二、三軒、土地の新聞の編集局が一つ、時には教会さえもある。日中は特別なものは何もなく、退屈でさっぱりしていて、いささか荒涼としている。しかし、ここに投錨された時(わたしが言いたいのは、船が波止場に品物を運び込む時、ということだ)、零時か朝の一時、二時には不思議な、印象的な魅力を持つ。すべてが閉じられているのに、子供たちは波止場のあたりで遊び、若者たちと娘たちは主な通りを遊歩し、一握りの土地の名士たちは船橋《ブリッジ》に足を踏み入れて、船長や操舵手と世間の出来事その他のニュースを語り合う。この白夜の中では、この頼りない深夜の光の中

では、おそらく床《とこ》に就く気にはならないのだろう。そこで実感するのだが、冬には、木造で飾り気のないこの一握りの家々に、何週間も何ヶ月もの間、極地の暗い夜がのしかかっているのだ。今、それらの家の人たちは、果てしなき北の昼をわが物として、それに飽くることなき状態である。そのため、騒ぎ、人としてあらゆる機会をとらえ、何とかして、その栄えある飽かざる覚醒を引き延ばそうとする。恋人たちはと言えば、おそらく一番近い人混みでデートをするのだろう。ここには茂みもたそがれもないのだから。そして旅人は、お行儀のよい木造家屋の小さな町を眺めて、さらに理解を深める。この町は、この世の何に代えてもおねんねしようとしない。旅人の心の中に燃えてきた想いは、ここで、キャベツ、塩漬けの牛肉などの心地よい昂奮に満ちた荷下ろしを手伝おうか、ということだった。

　港のことを語ったからには、灯台や浮かんでいるブイや、その他もろもろの航海信号のことを忘れるわけにはいかな

い。それらが、われわれの航路を、ほとんどまるで小径のようにスムーズにしてくれたのだ。今やこの白夜の中では、白や赤の灯光は点滅しない。だが冬の夜には、船や人がともす灯に挨拶を。ごきげんよう、孤独な小さな塔よ、ハロー、漁師の苫屋よ、うやうやしく敬礼、われわれを追い抜いてノールカップに向かう豪華船よ。われわれはきみを追いかけはしない、住んでいる人たちのために荷を運ぶのだから。でも挨拶はできる、海の上ではそれが慣例なのだから。読者にお知らせしておこう、この夜われわれは広い海峡に停船した。小舟の漕ぎ手が手を振って合図したからだ。そしてわれわれは一人の夫人を船に迎え入れたが、その人の持物は、ゼラニウムの植木鉢一つだけしかなかった。わが船はそんなふうなんですよ、あなた。ぴかぴかの豪華船じゃなくて、ただの人たちとキャベツと小麦粉を積んだちっぽけな船なんですよ、あなた。わたしは敬意を表します。タキシードを着たあなたが、風に吹き飛ばされませんよう

に。

＊

そうだ、忘れないように。マシニストはまだ目ざめない。もう三日にもなる。遂に体をがたがたさせるのを止めて、ゆっくりと青ざめ、顎をふるわし始めた。

太ったドイツ人教授は、船長のところに駆けつけて、そのことを告げた。マシニストは瀕死の状態にあるようだ、と。

「ネエエイ。大丈夫」船長《カピテイン》は少しも騒がず見解を述べた。「わたしはあの人のことはよく承知してますよ」

人の好い教授は、ベルゲンからハンメルフェストへ向かう三人のノルウェー人医師を招集した。たまたまホーコン号で北へ向う船旅をしていたのだ。この高名医師団がマシニストを往診し、速報を発表した——心臓は悪い、肝臓はめちゃくちゃだ、腎臓はどんちゃん騒ぎ、でもあの男はまだ二、三年は持つ。これで皆は大喜びし、ウィスキー、ジン、それに北欧名物アクアヴィットを大量に投ずることになった。しかしながら、誰にも何事も起こらず、翌朝にはマシニストがもう甲板に立って、素面《しらふ》でひどく困り顔をしていた。皆の同情を受けながら。

＊

本当に、もう一つ、アルタフィヨルドまたはアルテンフィヨルドという名の湾があった。とても美しくとても真珠色だった。その他にそこで気がついたのは、小さな丘がどのようにして生まれるか、である。ご説明すれば、ただ芽を出すのだ。子連れの、子を産もうとする山が、自分の長い肩を伸ばすと、いくつかの場所が削られて、そこから若い丘ができる。腔腸動物や単細胞の藻類も、そんな風である。

そこからわれわれは上のほうへ、フィンマルクの山中の高原まで送られた。緑の谷間、きれいな、広々とした農場、深い森の中の水路を通り抜け、行く手を阻むいくつもの滝を越え、湖や泥炭のぬかるみを辿って、やっと低い樺と岩場と地を這う柳だけの所に着いた。あと少し登ると、そこはもうノルウェーの屋根になる。限りない不毛の高地、一部は波打ち一部は壊れている巨大な花崗岩の水盤、ごつい大岩や岩のテラス、一面の沼、一面の震える地面。一、二歩踏み出す度に悲鳴を上げる岩の崖、それは雪崩れが起きた時、どこへ行ったらいいのか人に知らせるためだ。あたりは蒼白、死体のように、白っぽく、幽霊のように蒼白である。それは白い苔のなせるわざで、レースのように破れやすく、黴のように青白い。さらに綿菅《わたすげ》が生えていて、白い雪片のような綿を飛ばし、蚊屋吊草《かやつりぐさ》や甘松《ナルド》もある。ここには岩高蘭《がんこうらん》や沼地の桑、サーミ人のブラックベリーが茂って大きなつんとした赤い果をつけ、わずかに指の高さしかな

い樺が這っている。あたり一面、足の下でごろごろする、気をつけて、砕けた石を踏まぬように。それからどこへ行く？　そう、実際にはどこへも行かない、ここはこの世の果てだ。これ以上もはや道はない。これから先は、地図の上のいくつかのサーミ語の地名以外何もない。誰かが住めるかどうか、わたしは知らない。おまけにここはあまりにもわびしい。かつあまりにも蚊が多過ぎる。

白夜の中を下へ降りていく。低い樺の群とノルウェーの森と音高き激流の谷を抜けて。何かが見える——地面の上に枝分れした乾いた小枝がころがっている、と思った。よく見ると、それはトナカイの角だった。

北緯七十度四十分十一秒

今こそ本当に、ここは北だ、と言える状態が始まった。荒涼ですよ、あなた、全くの荒涼で、冷たい海とむき出しの岩があるだけだ。ここでは山さえも、もはや成長できなかったらしい。まるで頂上で切り取られたようだ。ただ花崗岩の崖が真っ逆さまに海へ落ち込み、天辺は禿げており、緑っぽい黴か何かでちょっぴり緑がかった高台があるだけで、それ以上は何もない。だが操舵手は、鯨が見られるよ、と約束する。鷗《かもめ》のみが数を増す。船のまわりを上下に飛び交い、波頭を爪でとらえ、鋭く鳴く。鷗は北全体で唯一の物乞いである。

そう、では見たまえ、では見たまえ。遂にはこの最果ての地にさえも、さまざまな美と色どりがある。世界の持つ絶対的で厳密な大きさぎりぎりの稜線に達するためには、多くのものが欠けているのか？　神よ、われわれが住むのはちっぽけな惑星だ、

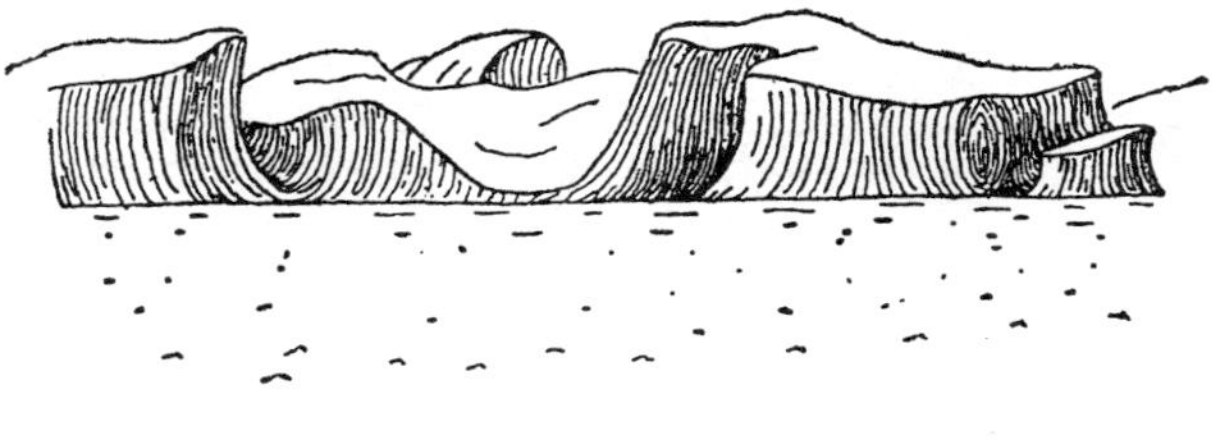

ということをわたしは知っている。そして、その惑星の上で、ヨーロッパという名のこのねじくれた奇妙な出っ張りは、多くのものを意味するかどうか？　わたしは、シシリアのジルジェンティでギリシア風の列柱の上に座す星を見たし、スペインのモンセラートで生暖いミントの空気を呼吸した。そして今、ノルウェーのセレイスンドで凍えた鼻を押さえて鯨が見えるのを待っている。わたしは、そんなことすべてが言う価値もないことで、他の人たちは百倍も多くのものを見ている、ということを知っている。だがわたしは、ヨーロッパの地方的愛国者であり、それ以上のものを見ていないとしても、あえて死ぬまで言い続ける——わたしは世界の大いなることを見たのだ。われわれの惑星はそのうち凍ってしまうこともあり得る。またはそのことをわれわれ大衆が気にして、世界をさっぱりきれいな状態にし、鷗さえも水の上で鳴かなくなるようにするかも知れない。しかしわれわれがいかなることを仕出かそうとも、世界の大きさを破壊することはできない。それが一般的な慰めにならぬことを、わたしは知っている。われわれは悪しき時代に生きており、われわれの心は気苦労に締めつけられている。それでも世界は大きい。

＊

「ヨーロッパ最北の町はハンメルフェストである」。学校でそう教えられたが、たまたまそれは真実である。だが同じように真実なのは、ハンメルフェストを越えた一部がヨーロッパで最北の森（それは小さな樺の茂みだ）であること、その町で、いやそれどころか、トロンヘイムからノールカップまでの全ノルウェーで、一番大きな建物は当地の精神病院であること、だ。後者は、当地の生活がそれなりに陰の部分、たとえば極北の夜、白夜を持つというイメージを起こさせる。しかしそれ以外は、ハンメルフェストは、トロムセやハルスタッドまたはベルゲン以北の他の町と異なってはいない。この町は他と同様に木造で清潔で、電信柱が影を落とす二本か三本の通りがあり、どの家でも煙草、チョコレート、陶器、絵葉書を売っている――当地では食べ物屋はひたすら缶詰ばかりだ。どの窓にもサボテン（特にセレウス属とエキノプシス属のもの）があり、お母さんたちは小さな子供を紐つきで連れている。以上が、当地で旅人のさまよう眼が出逢ったものすべてである。それからさらに二、三歩行けば、町はもう背後に留まり、周囲はただ岩、岩ばかり。あちこちに山撫子《やまなでしこ》、釣鐘草《つりがねそう》、雪の下の柔かい草枕があり、眼下には灰色の海が囁《ささや》き啜《すす》り泣き、やがて裸の無人の島以外には何もなくなる。それこそヨーロッパの最北の町である。すでに農民が最期を遂げてしまった地で、まだ生きていられるのは漁民だ。すでに漁民が最期を遂げてしまった地で、踏みとどまるのは、小商人、運送者、そして帳簿係だ。申し上げるが、生活の

Hammerfest

最北の印は、商店である。人類の進歩は休むことなく、北極でも、絵葉書や煙草や手編みの手袋を売る木造の店にとどまることはないだろう。あの帳簿係も、かの地できっと食べていける。

＊

さらにそこ（つまりハンメルフェスト）には、大きな有名な港がある。港に錨を下ろしていたのは、全身白塗りのステラ・ポラリス〔北極星〕号、それにホワイト・スター社の船、キュナード・ライン社の船、灰色でむき出しのフランスの砲艦、丁度石炭の荷下ろし中だったスヴァルバルからの大きな黒い石炭船、木材積みのフィンランド船、船首に砲を備えた捕鯨船、漁業用の機関船、平床の荷船、帆船、そして艀《はしけ》である。特異なのは、海を航行中には、行き交うすべての船に、たとえ五万トンの大洋航路船であろうと酢漬けの鰊を積んだ艀であろうと、強い仲間意識が身の内に育つことだ。何となく相手に手を振り、幸せな航海を願う。おそらくこれが人々の血筋に伝えられたので、運転者は自転車乗り《サイクリスト》に挨拶として手を振り、歩行者は運転者に挨拶するのだ。地上でも人々は、広い海上の船と同様に、行き交う人たちにきちんと友好的に挨拶する。

「りっぱな船だ」とわれわれは、そんなステラ・ポラリス号とかブレーメン号に逢った時、物知り顔に言ったが、挨拶するのはただ、礼儀正しく距離を保ってだった。そんな大立物に何かを強いることはないだろう。ちょっぴり船間距離を守ったほうがよい、というわけだ。だが、波間に揺れる艀とか島から島へとぶんぶん飛び廻るモーターボートに出逢った時は、甲板から落ちんばかりに両手を投げ出し、帽子を振り廻して挨拶したものだ。幸せな旅を、ロフォーテンからの勇敢な小船よ、ハロー、エクスフィヨルドからの小汽船よ。われわれ小さき者たちは、どこの海でも一緒になって集団を保つべきである。

ノールカップ

しかし、今や本当にいささか荒れ模様である。荒々しい風が吹きまくり、激しい高波がホーコン号を時々尻から持ち上げて揺らす。おかしなことだ。甲板を横切ろうとして勢いよく踏み出すと、甲板が自発的に足の所まで盛り上がる。踏み下そうとするが、甲板はすっと後退して、薄暗がりで足もとが見えず空足《からあし》を踏む時のように、まるで落下するような愚かしい感じがする。しかし、いかなる動機にせよ、あやふやな地面を弱い足でよちよち歩きした人間は、そのことで一瞬落ち着いた気分になる。わたしは思うのだが、船酔いに対抗する一番よい手段は、コニャックの一壜である。それを、もちろん地上でだが、飲みほした後で、歩行訓練をしなければならない。それは、そのうち甲板の上でも気分よくしていられるための、トレーニングになる。よろめき、たくみにバランスを取り、足の下に地面があるのが見えるだろう。頭はぐらぐらし、船長《カピテイン》や綱や手すりに摑まって体を支えるが、精神はこの上なく素敵で陽気であり、歌ったりわめいたりする。一方、禁酒せる魂は船室で呻き、死の時のために決められた祈りの文句を呟く。プロバートゥム・エスト〔それは証明せられたり〕。

岸辺は暗く、まる裸で、原始の粘板岩でできている。上方は氷河時代を通じて磨かれ、机のように平らになっており、海に向って黒く険しく落ち込んでいる。恐しくきびしい地域だが、それなりのスタイルとほとんど伝統的な大きさを持っている。どこまでも壁また壁、終りなく裸の高台平地、断続的な険しい峡谷、ほの白い地衣類、かび臭く低い裸の植物群。ぞっとするほど陰気である。ホーコン・アダルステイン号がだしぬけに、黒い岸壁にそのまま吸い込まれ始めたとしても、何の不思議も感じないほどだ。それは自殺である。船長《カピテイン》は黒い上衣を開いたままで、ポケットに両手を入れて立ち、ただひとりで眼をむき、船橋《ブリッジ》の小さな黒い士官《オフイサー》は歯の間で「ステディ、ステディ〔そのまま、そのまま〕」と言っている——。

「ステディ」舵輪にいる男は復唱し、青い眼で黒い岩を見つめる。もはや十メートルしかない。その岩は悪くはない、だがその前に立ちはだかるのは、荒波の中から突き出す不快千万な黒い断崖である。ではどうする？

「ハルト・バグボルド〔左へ急旋回〕」黒い士官《オフイサー》が言う。

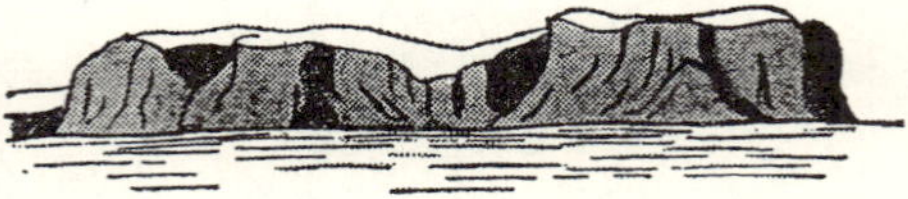

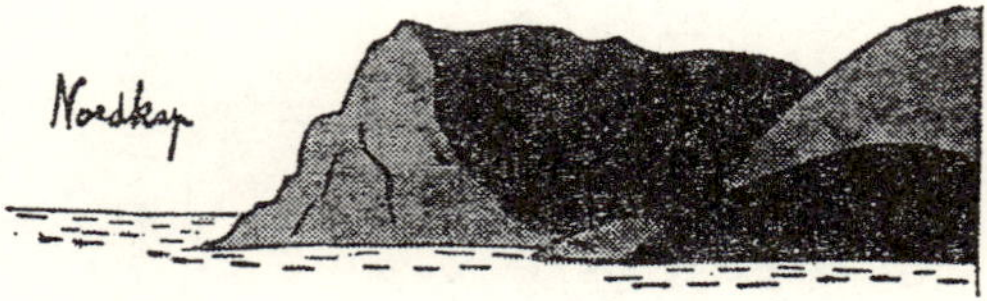
Nordkap

「ハルト・バグボルド」舵輪にいる男は復唱し、ぐるりと廻る。ホーコン・アダルステイン号は嗄れ声の汽笛を鳴らす。突然白い吹雪のようなものが岩の上を乱舞する。何千何万もの鷗《かもめ》が鳴きわめき、岩の周囲を飛び交う。そして初めて見るのは、それぞれの岩棚にまだ何羽も座っていることである。それはまるで、電話局の屋根の上にある陶製の絶縁体のように見える。船はもう一度汽笛を鳴らし、白い鷗の吹雪がすべて舞い上がり、黒い岩のまわりを雪片のように巡る。ここはそれゆえ、フューグルベリ（鳥の山）なのだ。

「何を食べてあのかわいそうな鳥たちは生きてるの？」同情深い声が背後から聞こえる。

「そうだね、何を食べてるか。多分魚を食べて、だろう」

「恐しいことね」同情深い声が溜息となる。

「かわいそうな魚たち！」

そしてどこまでも岩また岩、すべてが似たような姿で、すべてが同様に絶望的に裸できびしい、あそこの最後の岩まで。ホーコン・アダルステイン号は、長いこと吼え、垂直の黒い岩を目指してまっすぐに進む。

「またフューグルベリかね？」

「ネエイ。ノールカップですよ」

かくて見よ。ノールカップだ。ヨーロッパはいささか突然に、まるで途中で切断されたかのように終る。そしていささか悲し気でもある。本当に、それは黒い山の天辺のようだ。もし北からそこへ近づいたなら、こう言うだろう――神様、この悲しい大きな島は一体何なのでしょう？――そう、それはこのように不思議な土地、心配事の土地、ヨーロッパだ、と人々は言う。それは地上の楽園であり得るかも知れないのに、悪魔ぞ知る、どうもそうなることを望んでいない。そのためここには、警告のために黒い岩の告示板が置かれている。だがそこは実際には、文字通りのヨーロッパ最北の地点ではない。その告示板は、クニフスキャエロッデン、つまりナイフという意味の名前を持つ低く延びた断崖の上にある。そしてこの大陸の完全に最北の地点は、あの遠くにあるノルヒヌであり、一方ノールカップは単にマーゲル島の終点に過ぎない。だがそれは同じことだ。ヨーロッパは自分でノールカップを最北の地点として選んだのだ。もはやそこが終点なら、せめてそれに値するようにしよう、と考えている。ヨーロッパは常に、何かをひけらかすことにいささか気を使ってきた。実際にそうであるよりも、少なくともよりそれらしき終点に、そのふりをさせている。

ヨーロッパの果て。その北には、白い海の向うに、まだメドヴェドの島とスヴァル

Nordkap

バルがあるが、それはもう考えない。かくて見よ、さいはての地を。このように単純にきびしく、このように大きく悲哀感なき感嘆符で、われらが大陸はその歴史のすべてと共に終りを告げる。このように太古の始源的な何か、ここの岸壁のようなもので終る。やがてその岩壁の上に、SHELL とか FYFFE'S〔石油やバナナ関係企業の広告名〕とか何とかの文字が書かれることを、わたしは知っている。だが今のところ、ここは清潔で大らかで真面目で、この世界の始まりのようである。いや、とんでもない、ここはヨーロッパの終点ではない。これはヨーロッパの始発点なのだ。ヨーロッパの終点は、あの南のほうの、人々の間の、あの、この上なく忙しい場所だ——。

ゆっくりと、ゆっくりと、ホーコン・アダルステイン号は黒い岩を回遊し、ホルンヴィクの湾内に錨を下ろす。トロンヘイム以来の缶詰とは何かしら異なるように、新鮮な魚を釣るのだ。そうしたければ、長い長い糸を引くことができる。それはとても長いが、突然釣糸が走り始め、何かがかかった、と叫ばせる。すると船員が走ってき、鰐のように鋭い歯を持つ、子豚ほどの重さの銀色の魚を甲板に取り出す。または青くて斑点のある海鱒、またはとても美しい赤い小魚だが、これは食用にならない。何も釣れなかった乗客は、やや個人的に憤り、何も魚のいない悪い場所を与えられたのだと主張する。この魚釣りの際に、ついでながら人生の他の場合と同様に、最も熱心にとりかかるのは女性である。わたしは魚に同情深いある女性を知っているが、ホーコン・アダルステイン号の船上でとても熱くなって糸を引いていたので、こう言ってやった――「かわいそうな魚たち！」

　その瞬間、その女性は引くのを止めたが、それから釣糸をもっと深く投げ込んだ。「わたしは狼魚を釣ってるだけよ」と言う。「見てよ、あのスウェーデン女のグレータがどんな魚を釣ったか！」

＊

　夕方の訪れと共に風も高波も静まったが、その代りにホルンヴィクの上空には黒雲がたなびいた。われわれは鋭く蛇行しながらノールカップへ向かって登る。山道の最初のカーブでマシニストは岩場に座り込み、それ以上進めなくなる。薄青い眼を拭い、困ったように笑う。一方ホーコン号の二人の足弱な老婆さえも、上へ登っていく。さて見たまえ、お年寄りのマニシストよ。二十年間あんたは汽船の機関室に入って、このあたりを往来していた。いつか実際にノールカップを見ようとして乗船していたのだ。そう、ノールカップにはあんたはもう行けないだろう。言いたくはないが、わずか三百メートルの高さだ、が何と大変な仕事だ。頂上では嵐と黒雲が襲ってくるだろう、いや雲ではなく、氷の小さな粒、雹《ひょう》だ。そして今この霧の中を突破して裸の石だらけの平地を歩くが、その端や縁《ふち》は見えない。それなのに操舵手は、真夜中の太陽を見よう、と約束したではないか！　しかしそれでも、ここ頂上では石の破片の間からアカシア属の低木が舌を突き出し、山撫子《やまなでしこ》が花を咲かせ、苔雪下《こけゆきのした》がうずくまっている。その他には、ただ両手いっぱいの鹿《か》の子草《こそう》と綿菅《わたすげ》、湿って冷たい地面、ほの白い地衣類、そしてただ裸の石の破片だけ。世界の果て。それから霧の中に木造の小屋が現れ、その前に――どうしようもない、だがそれはまさしくダンスフロアである。小屋の中ではアコーディオンが演奏されている。もちろん、それは恐しいことだ。だがそれだけでなく、ここには船に積まれていたアメリカ人すべてがいる。連中は実際に何を望んでいるのか？　ヨーロッパの終点、それはわれわれの関心事だ。連中にはアメリカの終点を見に行かせればよい、もし何かそんなものがあるのなら。もしなければ、自分たちで勝手に作ればよいのだ。

黒雲は次から次へと続いてくる。近くで見ると、みにくい、ぐっしょり濡れた霧のぼろ屑だ。五歩先も見えない。小屋の羽目板に体を押しつけ、寒さのためにやたらに体を震わす。突然霧が少し途切れて、足の下三百メートルの所に、オパール色に輝く海面が光る。はるか下のほうに太陽が輝く。それから再びすべてが黒雲の団塊《かたまり》に包まれる。それは絶望的だ。ただ北のほうが黄色に燃えはじめて輝き、たなびく黒雲の線は黄金色に燃えて、再び何物もなくなる。ただ新しい氷の小粒が降ってきて、顔をたたく。そう、それなりの美しさだ、旅人はひとり言を言う（言葉が停止せぬように）。暗く、濡れて冷たいが、実際にこれが北なのだ。そして西では、空が緑の冷たい天蓋を開く。黒雲が破れ、突然そこから恐しい光が降りそそぎ、巨大な虹の泡のように広がり、真珠色の海にかかる峻嶮な山の影を露出させ、断崖また断崖が重い赤銅色に燃えはじめる。すでに事態はそこまで来ている。あっという間に、果てしなき黄金の空が水平線にまで広がり、北のほうの全く低い場所に、海の線そのものの上に、赤い、熱したドリルのように天空を突き刺して、不思議な、ちっぽけな、赤い太陽が昇る。とても小さいので、驚くほどだ。かわいそうに、これじゃおまえもただの星だ！　細い、炎と燃える太陽の刃が黄金の海の鏡を切る。ただ完全に水平線上に、完全に果てなき北に、鋭く緑を帯びた氷のように白い線が輝く。ここでは、旅人が太陽を直接まともに見ても、瞬くことさえない。おまえは真夜中の太陽なのだ、炎の剣の束に埋め込まれた暗赤色の宝石よ。常におまえは太陽なのだ、おまえ、小さな赤い星よ。いつかおまえは落下するだろう、何百万年も後には、年老いて、冷えて縮まり出すことをわたしは知っている。それでも山撫子は花を開き、ちっぽけな白いニワヤナギはその小さな槌を振り上げるだろう。しかし、その後われわれはどうなるか、わたしは知らない。人間にとって残念だ、とおまえは考えるかい？　われわれがヨーロッパの終点に立っているのは真実だ。それがただちに世界の終りだ、と誰が考えるだろう？

大柄な操舵手も近づいてきて、太い腕で真夜中の太陽を指し示す。「わたしはあんたたちに約束したろう、でもあんたたちは嘘を言ってると思ってたな。これがそうだよ」

そう、これがそうだ。われわれは真夜中の太陽を見た。これで家に帰れる。終りと始まりを共に眼にしたが、炎と燃える刃がまっすぐにきびしく、天使の剣のようにわれわれに迫った。決して、決して、天国の門は開かれないだろう、きみ。さあ、どうすべきか。天空は金色と灰色の幕に覆われ、強風は四辺《あたり》を震わせ、世界は霧に閉ざされ、雹はアダムの末裔の寒さにこわばる顔に打ちかかる。子供たちよ、子供たちよ、さあ帰ることにしよう。

帰りの旅

もはやその旅を、地図の上で指を使って描くことはできないだろう。どこを航海したのか、どこで投錨したのか、正確にはわからない。ちょっと待てよ、あれはホニングスヴォーグ、この世で一番わびしい人間の拠点の一つだった、それからあらためてハンメルフェスト、そしてクヴァルスンド、そこへは午前零時に到着したのだが、子供たちはまだ眠っていなかった。多分誰もがそうだった。そこはそれほどひどく白々と、恐しくなるほど明るい昼間だった。それからヴァルグスンド、油を流したように滑らかだった。また再びトロムセだが、わたしを間違えさせたのは、場所のせいではない。そうさせたのは空と海、変りつつも果てしない、黄昏も夜も暁もない白昼である。ここでは時間が空白になる。それがすべてだ。ここでは時間が流れるのではなく、海のように岸辺なく広がるのである。その内部で太陽の運行や雲の遍歴を鏡のように

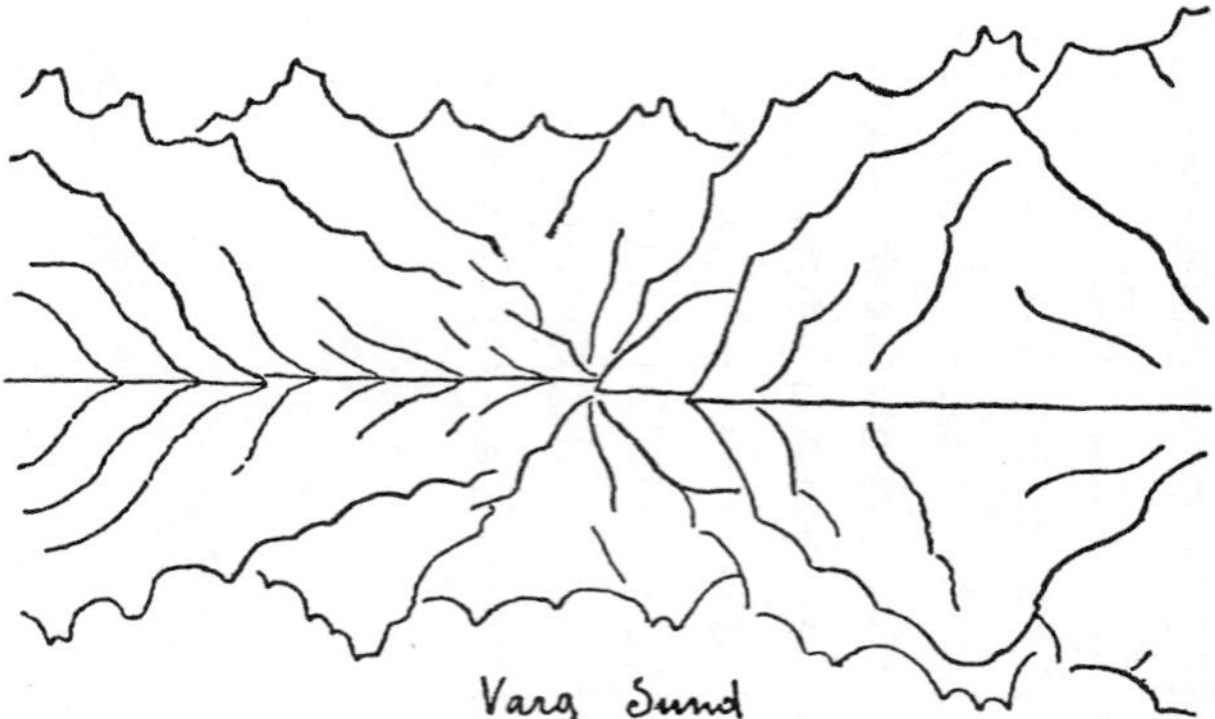

Varg Sund

映すが、それらと共に動いていったり消えたりはしない。手にする時計も余計で、熱心におかしくチクタク時を刻むが、時間はここには存在しないのだ。同じように不思議で人を混乱させるのは、まるで空間が消えてしまい、上と下の区別がつかないかのようになることだ。多分それにも慣れるだろうが、初めはそのことでまるで別世界にいるかのように、居心地が悪い感じである。

柔らかく、金色の斜線となって、太陽の光が山々の丸い肩と険しい額に滑り落ちる。朝の二時か午後の五時か、どちらでもあり得るが、それはもう同じことだ。実際に、あなた、そんなことは関係ない。そうであろうがなかろうが、それは同じことだ、もはや時間を持たぬ状態になっているのだから。船上の食事ですらこの時間の不変から脱出させてくれない。常にスモーガース〔いわゆるヴァイキング料理〕、またスモーガースで、常に同じ魚と塩漬けの肉、褐色の山羊のチーズとシロップだ、朝食だろうが夕食だろうが、午餐だろうが。わたしは時計を手に取ることさえ止めて、頭の中から日、年、世紀を追放した。どうして時《じ》や分《ふん》を知る必要があるのか、永遠の中に生きているなら？

ここには夜はなく、実際に昼もない。ただ朝の時間帯があるだけで、太陽はまだ低く、全体が金色の曙光と銀色の露と、柔らかにはじける早朝の陽光に満ちている。それからすぐに、午後遅くの時間帯が到来し、太陽はすでに低く、金色を帯びた日没の輝きと、赤紫に煙る甘い物憂気な黄昏になる。ただ、始めなき朝が終りなき夕べに交替するだけで、それらの上に、輝く正午の白く高い雲がかかることは決してない。そして終りなき金色の夕べは、明るい真夜中に始めなき銀色の朝に溶け込み、再び次の一日になる。極地の一日、大いなる一日、その最初と最後の時間のみによって紡がれる一日だ。

どこでもこれが特に美しい瞬間であることを、わたしは知っている。それはさておき、このような金襴に輝く日没や、眠れる地域へのこのような夜明けは、世界のどこでも瞬間的である。そう、それは言わずもがなだが、それはまさに去りやすく、持続しがたく、本当に短い瞬間で、十五分後には祭は終る。しかし、ここにいるわれわれ、スチェルンフィヨルドのわれわれ、ロッペハヴェトのわれわれ、グレートスンドあるいはどこかでのわれわれには、その全時間われわれを金色に染める日没がある。常に大きな雲と海が満ち溢れ、すでに西と北がすべて燃えはじめたと思うと、すでに東が

Kvalsund

追いかけ、朝焼けの中で日の出が始まる。今や海も空も、何か限りなく不思議な、荘厳な雰囲気の中に落ちていく。光り輝く黄昏とほの白い曙光とが同時に存在する。感動的な日の入りは、ひんやりする日の出と浸透し合い、青い山々の背の後ろに消えようとし、燃える日輪はまだ落ちつつあるが、夕べの海の緋色の水面は朝の銀色の波の背で輝きはじめ、あたり一面の静かな水平線は、明け方の光のきびしい荘厳さでほの白く冷たくなる。ガバオン〔＊1〕の上の太陽も静止し、ファウスト〔＊2〕の絶望的な叫びがあたりに満ちる——かくも美しき瞬間は止まり、空間と時間の壮大さの中に果てしなく広がる。きみよ、どこに到達したのか！　そこは別世界で、もはや別の、恐しい大きな秩序が通用していることを、きみは知らないのか？　そう、わたし

は知っている。限界なしに瞬間は持続し、終りなしに時は消えゆく。

神よ、それはどこだったのか、われわれはその時どこにいたのか！　たとえばそれはマランゲンだった、そしてそのちっぽけな港はモールスネスという名前だった。だがそれは同じことで、宇宙のどこかだった。真夜中の寸前に、短時間雨が煙ったが、黒雲はゆらめく松明のように橙色に燃え上がり、山々の藍色のヘルメットの上にかかった。金色の海の上の没しつつある太陽も姿を消し、その恐しい、細い、炎の刃が海面を北から南へ貫く。すると山々の峰が、オリーヴ色や青色の影から薔薇色の光に、小さな港の上で輝き出し、やがて夕べの底に落ち込んでゆき、真夜中の虹がごくはっきりと空にかかり、山々は荘厳に高く燃える火炎のような状態

になり、岩と頂上の雪が血のような赤紫に輝き、それはまるでミサ用の小さなパンのようで、聖体拝領さながらになり、太陽が遥かかなたの水平線上でほとんど燃える点だけになった時、ノルウェーの真夜中の時が打たれた。すると機械室から髯面で無口な年老いた技師が這い出し、エメラルド色の港の水の中に唾を吐き、ぶつぶつ言いながら下の機械のほうへ戻っていった。

*

特別なお恵みから、そう、全く特別な寵愛と寛容から、われわれはかくも豊かな太陽の輝きを頂いたが、同様に多量の黒雲、霧、虹、そしてにわか雨にも出会った。そのすべてから、われわれは多くのことを見知った、と言える。船が虹のアーチを潜って航行し、夜は乳白色の霧の中に包まれて、ゆっくりゆっくり警笛と警鐘を鳴らして進む間に、われわれは、山々の頂きが白雲の上に聳《そび》え、岩々の足もとが水面に垂れる濡れた袋のような黒雲に切断され、半透明の玉髄《カルセドニー》に吐きかけられた息のように煙る霧が、火山の爆発のように立ち昇り、たなびく房のような白雲が燃え上がるのを目にした。輝きに満ちた空と雨に打たれた灰色の海、青い、赤紫の、金色に溶ける海、石鹸で作られたように変りやすい虹色の海、金属的な水、真珠や絹のような水、静かな水や刺々《とげとげ》しい水を知った。有難いことに、それで十分だった。静かで明るいオフォトフィヨルドの後はもはやナルヴィク、航海の終点である。

それで十分だった。われわれはすべてから何かを得た。だがわたしは、これと同じ船の旅をもう一度したい。ここでもっと夜を見たい。夜、終りなき夜を。終りなき黒い空と海、煌めく小さな灯台、瞬くブイ、白や赤の灯火、霧の中に灯る人家の窓、港々の信号灯、氷の山の上にかかる月、漁師の灯と凍りつく夜に煌めく数々の星を。黒く終りなき闇に突入するヨーロッパの黒き終点。それは悲しみに違いない、神よ、それは悲しみに違いない！　しかし、世界のあらゆる場所には、悲しみがそれほどないのだろうか。われわれは悲しみを運ぼうとしてここにいるのではないか？　この地のあらゆるものからわれわれは何かを得た。しかしそれは、ただ明るい面についてだけだった。大いなるノルウェーの地よ、われわれは何とわずかしか知らないことか、すべてを認識しなかった人間は、何とわずかしか知らないことか！

＊1　ガバオンは旧約聖書「ヨシュア記」に出てくる地名。ヨシュアは、イスラエル人が敵を打ち破るために「日よとどまれ、ガバオンの上に。月よとどまれ、アヤロンの谷に」と言ったという。

＊2　ファウストはゲーテの戯曲「ファウスト」の主人公。彼が悪魔と契約した際に言った「時よ止まれ、お前は美しい」というセリフで有名。

ナルヴィク

ナルヴィク、それは港であり同時に世界で最北の鉄道の終点である（ムルマン線は除くが、それは数えない。わたしはそこへ行かなかったから）。ここではキルナの鉱石、スウェーデンの木材、ノルウェーの塩漬け鰊で生計を立てている。そのほか、ここは四つのフィヨルドの十字路で、大きな山々、たとえば眠れる女王やハリャングフィエレネ、その他の有名な、氷の冠を戴き、おそらくどこにもないほど高貴な名峰のすべてが出会う場所である。これはもう放っておけない。どこか山の間にいるなら、それらをずっと近くで見るために、上へ登り始める。

そこには猫がいた。下へ走ってきてわれわれとぶつかり、尻尾をまっすぐに立てたが、それから半時間山の中をわれわれについてきた。やがてどこかで滝がどうどうと音を立てたが、そこには寺院の燭台のような形の、すばらしい山の松が何本かあった。

そこで、それらを描いた。そこには岩高蘭《がんこうらん》と木苺《きいちご》の仲間、綿菅《わたすげ》、藺草《いぐさ》などの、湿地や泥炭層の植物がある。それゆえ、おわかりのように、わたしは純粋にすっきりした精神状態になったことをご報告する。その上、眼下には岩壁と松の茂みの間に滑らかなオフォトフィヨルドが見え、上方では山々の丸屋根の上にざらめ雪の雪原が限りなく輝いている。しかし、それでは満足せず、この岩の岬をもっと見なければならぬ、もう少し上のほうへ行こうと考えた。そこで起こったのは、わたしがある場所を見つけ、そこで姿を消したという事件だ。

そこはただの何もない掌ほどの高台で、大きな裸の石ころだらけに見えた。あちこちに泥炭のプールがあり、ここかしこに地を這う柏槙《びゃくしん》、樺の木や青い柳が生えている。それ以上は何もなく、ただ上方には氷河と、マッターホルンのように垂直で幻想的な岩山があった。で、わたしは泥炭の小さな湖のほとりの丸石の上に座って、その岩を描こうとしたのだ。わたしが描くのを見ていたという証人が何人もいる。そしてだしぬけに、わたしの姿が見えなくなった。その丸石が突然空っぽになったのだ。どの人もいささか変人なので、物のわかった人たちはそれを何か瞬間的なユーモアだと受取った。だが、五分経っても、その石に座って描いている姿が再び現れなかったので、妙だなと思いはじめ、わたしの名を呼んだり探したりした。そしてやっと、わたしが

本当に消えてしまったことが明らかになった。人々は石ころの間でわたしを探したが、最初の一時間は生きているものとされ、次の一時間はもはや死体になっているとされた。さらに死体が見つからなかったので、わたしがその小さな湖に落ちて、底なしの泥炭か何かの中に埋没したことがほぼ確実になった。そこで、わたしを引き上げるために、仲間はナルヴィクまで人を呼びに走った。不思議なことだが、われわれ人間は、あらゆることについて、いわゆる合理的または自然的説明を持たねばならない。ここノルウェーの山中では、人々がしばしば消えてしまい、その後にはボタン一つ残っていないという事件が起こる。サーミ人たちは、山が呑み込んでしまうのだ、と言っている。一時間後、やっとわたしはナルヴィクの上で発見された。わたしは道端に座ってあの猫を撫で、自慢の尻尾を引っ張り、手には生きた二十日鼠を摑んでいたが、それはあのニャン子がわたしの所へ持ってきた鼠だった。人の話では、わたしは不審気に眼を吊り上げて、長いこと待たされたとかそんなことをぶつぶつ言っていたそうだ。わたしがどうしてその場所まで行ったのか、誰にもわからなかったし、わたしも、このこと全体をどう説明したらよいかわからない。あり得ることだが、この件にはあの猫が一役買っている。なぜなら猫たちは魔法を使うことができるから。だが何をどんなふうにか、それは言うことができない。もう大分前に五時を過ぎていたけれども、ナルヴィクの町には恐しい呪いが、「イッケ・アルコール」という名の呪いがかけられていた。それで、わたしが発見されたことを、どんな方法でも祝うことができなかったし、事件を解決することもできなかった。それゆえ、わたしの冒険は全くの素面《しらふ》のままにしておかざるを得ない。その後もまだ長い間、ナルヴィクの上の氷の山を眺めながら、わたしは不思議な思いをしていた。そして真夜中が過ぎた。ナルヴィクの若者たちは、明るい町中の通りをまだずっとさまよい歩き、眠りに就けるような何らかの兆しを待っていた。しかし、何の兆しも現れなかった。

オフォト鉄道

小さな電車が、明るいオフォトフィヨルドの最後の湾曲部の上にわれわれを連れていく。——このフィヨルドには今ホーコン・アダルステイン号がいるだろう！　そうだ、あの船はロフォーテンのいくつかの港を巡っている可能性が大きい。港のブリッジには、どこにでもあの犬が待っていて、太い尻尾を何か問いたげに振っている。やっとその時思い出す——われわれは本当によい友達だった、ホーコン号に乗船していたわれわれすべてが。誰もそのことを考えもしなかったが、そうだった。旅の間じゅう一度も言葉を交わさなくても、ただ互いにしばしば見合っただけでも。そう、そしてただ、すべての人が、別れの瞬間が来た時、感動しながら手を握り合うようになった。あるがままに、あれはよい船だった。まだ多くの、あらゆる言葉の人たちを運ばねばならぬだろう。その人たちは一緒にいて、何もしゃべらず、相談や会議をしなく

てもよい。それでも旅の終りには互いに手を握り合うことだろう。

そしてわれわれに残されたのは、もはやノルウェーの地のほんの一部だけである。ここは、かわいそうに、海からスウェーデンとの国境まで、十五キロメートルもない。だがその代りに、ここにあるのは岩ばかり、上には氷河ばかり、下には深い谷間と滝ばかり、そしてそれがフンダレーンである。どこへ見張り所をはりつけたらよいか難しい。見渡すかぎり氷の丸屋根と尖塔で、間もなくわれわれはトンネルから吐き出され、さらに荒涼とした、さらに岩ばかりの世界に入った。それはさておき、全ノルウェーはその民族を含めて、よい国だった。その国で何がよくなかったか言わねばならないとしたら、わたしはただ、例のアメリカの教団と、蚊と、部分的な禁酒を思い出すだけだ。そのほかには、ある食べ物が好きでなかったが、わたしは念のためそれを味わわなかった。だからよくわからない。人の好い人たちの、善良な、しっかりした国だ。田舎と小都会的な国で、そこでは堂々とした人たちが、清潔な箱の中で、物静かに行儀よく生活している。その箱の周囲は、この上なく

〔次項につづく〕

Ⅳ　ふたたびスウェーデンで

北のツンドラ

〔前項より〕——幻想的で、記念碑的で、時にはほとんど非現実的な世界である。しかしもはやわれわれは帝国の国境のトンネルを抜けて、スウェーデンに入っているのだ。昔はここに国境の駅があったものだ。しかし、あまりにも荒々しい気候のために、取り払わざるを得なかった。そこで駅を少しスウェーデン国内に、ヴァッシヤウレに突き出させた。そこはもうそれほど山の気候ではない、全部でわずか七メートル低いだけなのだが。ここの様子もすぐに見える——ここには岩石の山、黒い沼と鋼鉄の湖が繁栄している。実際、岩石から成る巨大なテラスで、山々の峰の間に置かれ、きわどく海に落ち込んでいる。原初的な岩場の合間に、綿菅《わたすげ》の仲間の穂や何本かの低い樺などが見える。だがそれから道はアビスコに向かって降り、ツンドラに達し、山々の丸屋根の間に限りない樺の茂みがかぶさり、その中に、とても長い、緑の島々が点在するトルネトレスク湖が配置されている。われわれはラップランドのまさに中央にいるのだ。ただ実際のところ、列車の中から、トナカイなどの当地特有の魅力を備えた、ごく自然なサーミ人のテント村を見ることは期待できない。その代りに、外国人用記念品の売り手としての（民族衣裳を着た）サーミ人の男と、小ざっぱりした赤いスウェーデン風の家でお手伝いさんをしている（民族衣裳を着た）サーミ人の女に出会ったなら、いささかたじろぎ、そしてこう思うだろう――こうして民間伝承的な絵になる鮮やかさは、この世界では望ましくないものになるのだ。もしその鮮やかさに出会うほとんどすべての場所で、それが、旅行産業か、鮮やかさには劣るけれども明らかにもっと裕福な人々に奉仕する立場か、そのどちらかの象徴になるのなら。この世界では、衣裳などの基本的な民族的特性は、もはやそれに頼って生計の資を得る人たちだけのものになったように見える。そんなふうではとても維持されないだろう。わたしは前もって、しかし確信を持って、民間伝承という名の、地上の美しさと威儀の一部が消えることを嘆く。

それに対して自然は、そうあってほしいのだが、ここ北の地では、基本的なラップ地方の性格を、ある程度しっかり保っている。その理由は、一つには、おそらく甘蔗栽培やコーヒー園経営を誰かが思いつくのを恐れて、アビスコの周辺一帯が自然公園

Tornesträsk

として保護されているからであり、もう一つにはちょっとした理由ではあるが、ここには樺と柳が疎生するツンドラ（そのほかには細かい藻屑だが、列車の中からは十分正確に見分けられなかった）以外には何もないからである。山々についてはそれほど確かではない。山中では大砲か何かの製造に必要なものが見つかっている。そこで山全体を貨車に乗せて、ナルヴィクを経由し、キルナ鉱山という名の山の場合のように、クルップ氏やアームストロング氏〔両者とも有名な工場経営者・武器製造者〕の所へ運んでいる。今はその山は山ではなく、単に第一級の鉄鉱石七億トンになっている。その山をルオッサヤールヴィの湖と一緒に描いたが、湖の湖面に山の姿が投影されている。だが、その標準的な赤い労働者の家々と、悲劇的な緑のツンドラの荒地の真中での、社会的・人道的その他の近代工業の成果を持つキルナの町は、わたしの絵の中に入ってこなかった。この果てもなく区切りもない極地のツンドラは、ゆっくりとだが確実に、北の森へと変化していく。まず単なる岩場と這いつくばる灌木の茂み、あちこちの樺の切り株と乾いた土地、あちこちで金色にきらめく雉蓆《きじむしろ》か何か（タテヤマキンバイかも知れない）。それから灌木帯がどんどん茂りを増し、より高く、より蓬々たる状態になり、見渡すかぎり白い、恐しい樺の泡の輝きばかりになる。その中にほっそりと光るポプラ、その中に暗い榛《はん》の木の茂みと銀色の柳。そして至る所、柳の下に、ヒースの下に、樺の木の下に、黒く濡れて光りながら湧いてくる泥炭ばかり。それから黒い茂みの上に、乾いてねじ曲がった幹が立ち上がり、粗末な樹冠が広がり、ごつごつした松のぼさぼさの枝が暗い影を落とす。不思議なことに、ここにはわが国の山にある低い松はなく、ただ丈の高い、悲愴な松ばかりが、頑強に生を求めて格闘している。そしてここではそんな松が勝利を収めたのだ。強風に曲げられ枝を折られ、雪に痛めつけられてはいるが、すでにこのあたり一帯に根を張り、ひょろ長い幹と重い小枝でお祝いをしている。白樺は稀になり、松が森の地面を占領している。暗緑色の松と地を這う柏槇《びゃくしん》の中から、電柱のように、唐檜《とうひ》の株と倒木と幹が突き出し、風に揺れて、この上なく不思議なモップ、筆、とげの生えた棍棒、ひるがえる旗、振り廻されるさまざまな腕のように見える。さらに長く続くと森ではなく、植物の集団でもなくなる。木の一本一本が自分のために土地と元素を求めて戦い、それぞれが異なる形に作られ、それ自身の運命によって異なる意図と課題を与えられている。それは森ではなく、自身の拳による戦士たちの大いなる戦場であり、陣営である。何をなすべきか、一番激しい生を求める戦いはどこか、それはそれぞれにまかされている。何ができるか、何を耐え忍ぶか、それを自分自身に示すのだ。たしかに困難な生活だが、その中に冒険がある。まさに老兵、年老いて経験豊富な兵士、という感じの木々に会

う。この痩せこけたのはドン・キホーテのようで、あのフォーク状のは日本の武士のようだ。ひょろっとした男、傷だらけの男と瘤だらけの男、恐しい株のような四肢で空を見上げるサーベルで切られた男、これ見よがしに巻毛をたらした自惚者《うぬぼれもの》、全身を打ちのめされた飢えた男、そんな悪しき星の下に生まれた男、さらにかくかくしかじかの連中と出逢うのだ。節くれだったおじさん、まさに骨ばかりの男、すべてがそれらにぶら下がろうとしている。そう、見たまえ、そんなことは不可能だった。そして誰がそんな無口な男たちに話しかけようとするだろうか！

やあ、ご機嫌よう、ここには北に対抗するりっぱな軍隊がいる。足もとには勇者たち、騒乱者としての唐檜、頑健な田舎青年、すでに雷に打たれ額を割られた刺だらけの若者、ひょろりとして鼻水を啜る少年が蝟集し、そして蓬髪の下で顔をしかめ、自らを男性的な存在と化した野生人。あえて言うが、北の自生林の中に、このようなものをいくら見ても十分ということは決してない。そして、このように個性的で素晴しい人格を団塊《かたまり》として見出す場所はどこにもない、と言いたい。ただ、そう、ノルウェーのフィヨルドの山々と岩壁を思い出させてほしい。

あの北の森の境界は、明るく手入れのよい茂みであるが、何と素朴で陽気な好人物たち、何と見事な背高《せいたか》揃い、何という苔屑《こけくず》の髯面《ひげづら》揃いだったろう！　至る所に黒いプ

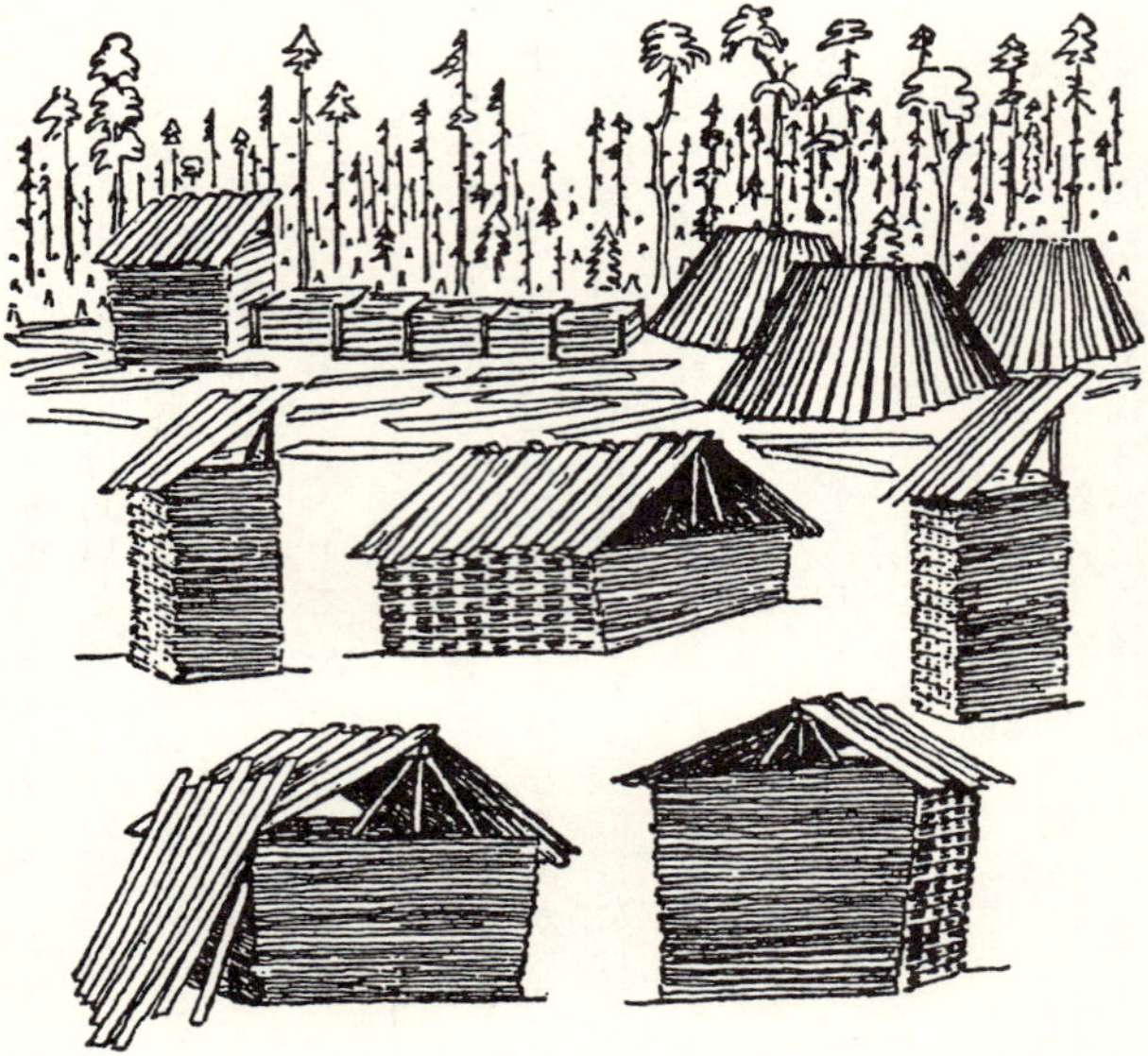

ールが光り、至る所に黒い岩石が集積し、至る所に固い草の剛毛と漿果類の厚い柔毛が乱雑に茂る。煌めく微妙な焔を発するのは明るい羊歯《しだ》だ。ゆっくり、ゆっくりとノルウェーのツンドラは、教会の丸屋根のように高い唐檜と松の、まばらな森にと連なっていく。いくつかの人の顔のように、死ぬまで記憶に残る木々がある。ほとんど神聖なまでの木々がある。そしてその木々の間に広い新墾《にいばり》が突然現れた。新しい裸の開拓地は、切り倒された木々の幹で明るくなり、開拓地はそれぞれオカトラノオで赤く染まり、赤い草で波打つ。北の森にはまた、板や梁の工場が作られはじめている。広い、ここではもはや流れをゆるめた多くの川《エルヴ》が、森から物言わぬ木々を数限りなく引き出していく。

スウェーデンの深い原始の森

その森と共に走るのは、実際に北極圏からストックホルムそのものまでだ。二十時間、三十時間、南下する急行列車は、常に森と、ひたすら森と擦れ合う。そしてその急行列車は、あなた、どんなだと思いますか。これもまた、スウェーデンほど上等で広々とした列車は、どこにも走っていない。本当のことを言えば、森は時々途切れ、一部が牧場や草原になっている。たとえばノルボッテンスレーンのすぐ北のあたりで、そこでは土地の人たちが、干草用にきれいでユーモラスな木の小屋を建てている。まるでその上に誰かが腰かけてへしゃげてしまったかのようだ。アコーディオンのようにぎゅっと押されて、真ん中が広がって膨らんでいる。南へ行けば行くほど、農家は膨らみを増して、母鶏のようにうずくまっている。しかし、さらにずっと南下してオンイェルマンスランド、イェムトランドでは、しっかりした金褐色の梁で建てられ、木造の脚の上に立っていて、山岳地帯にふさわしい。ヘルシンランドあたりまで来てやっと、白い縁取りの赤いスウェーデンが始まる。

それから無数の川《エルヴ》。無限の深い森は、常に水路を切り開いている。そして湖のように広くて静かな川や、急流となって黒や白の泡を吐いている若い小さな川がある。しかし一番多いのは、大きなゆったりした、限りなく落ち着いた流れで、本来の荒々しさは上流の発電所にすっかり与えて、今は絶え間なく、辛抱強く、そしていくぶん物憂げに、材木の筏を、製材所と港に移動させている。それは北のほうから、ルレ川、ピテ川、オービー川、ウメ川、オンイェルマンス川、インダルス川、それからさらにリュースネ川、ダーラ川その他多くで、それらの名前をいくつ挙げても多すぎて、わたしには追い着けない。スウェーデン語のエルヴも、わが国のラベ、またはそのドイツ名エルベも、結局は古代のケルト名エルヴに他ならないのだ。

その他はすべて、北の森である。目で見える所、延々と伸びる山々の背から、多くの川《エルヴ》がうねり流れる下流の平野に至るまで、終りも区切りもなく、ただ森、森、森だ。高みには森の波が打ち寄せ、低地には森が黒い水面のように広がる。ただあちこちに、その中から梁で組んだ絞首台のようなものが突出している。わたしにはわからないが、多分それは、山火事か何かの見張台だろう。そして、この森をどうやって描写してお見せしようか？　その区切りから始めたいのだが、実際に区切りがない。ただ赤紫の箱柳の縞か、羊歯《しだ》の帯か。もう一歩踏み出すと、もう自分の目で見られるが、この森から再び外へ出るには、倒木と落枝、樺の茂み、唐檜《とうひ》の若木を踏み越え、コケモモ類を引き摺り、刺ある低木の輪舞を切り開くようになる。一歩森に入ってみると、ここにはまだ人間の足が踏み込んだことはない、という感じを大きく受ける。それを下生えから始めよう。気をつけて、あそこに茸はないかな？　あるよ、どんな！　スウェーデン人の皆さん、ご覧なさい、わたしはあなた方に森から帽子一杯の茸を、ブルネットの傘の山鳥茸を持っていってあげます。わたしは森の中で、まだ人の足が踏んだことのないある地点に到着しました。それで、そこにはこんなに茸が生えていたのです。何とおっしゃいますか？　何、それは有毒ですって？　あなた方は全く採らない

Norrbottenslän

って?——それは食べられない茸だそうだ、とは言わなかった。しかしわたしは、これほど教育がある賢い民族がそんな非人間的な迷信を持っているとは信じない。わたしの考えでは、そんなことを言うのは、誰にも茸を取りに森へ行かせないためだ。その理由は、ここの森の中では、命が危なくなるほど逆に迷ってしまうに違いないからだ。(わたしも試みた。三分後には茸をどこへやったらよいか、もうわからなくなった。だが同様に、わたしがどこから来たのか、どの方向へ行ったらよいのかもわからなくなった。それどころか、自分の名前さえもほとんど忘れてしまうほどだった。それほど深い森なのである。いつか誰かがこの場所で、自分でばら撒いた数多くの茸に囲まれた、わたし自身の残骸を発見するのではないかとさえ思った。だがその後に明らかになったのは、わたしが幹線道路からわずか五十歩の所にいる、ということだった)。わたしの知っているある奥様は、他の面ではさまざまな打撃や運命の襲来に十分強い人だが、スウェーデンの森の境目ではただ泣き出すばかりだった。そんなにも多くの普通の茸や山鳥茸が見えるのに、それを放っておいた。奥様の気力を超えていたのだ。わたしにはこれらの茸から注意をそらすのは難しい。(たとえばスモーランドの黒くなるほど日に焼けた樫の木茸《ドゥパーク》、セーデルマンランドのブロンド色の草茸、そしてエステルイェートランドのコンチネンタルホテルのアスファルトのすぐ傍に生え

ていた大きな茸、さらにあの赤褐色の山鳥茸！）（ある時わたしは牧場の森の中に茸を求めて入り込んだが、そこで大きな赤い馬に追いかけられた。多分わたしと遊びたかっただけだろうが、森の中の馬はほとんどお伽話的である。その上、そこにはルーン文字の石碑があったので、その背後には何か魔法があったのかも知れない）。だが、茸のためには森も見ない奴だ、と言われないように、別のほうから話を始めよう。こんな具合に――。

もしもあらゆる泉と水の流れと、浮き草の茂ったあらゆる黒い水のプールと、鷺鳥のいる村の池と、あらゆる悲しい汚水と明るい滴《したた》りと、草の茎や婦人用マントの房、人の住む小屋の銀色に光る排水ポンプのすべてに宿るさまざまな露の雫を全部集めたなら、それで十分ちゃんとした洪水になるだろうが、海にはならないだろう。もし松、唐檜、樺、樅《もみ》、唐松をパリからワルシャワまで植え付けたとしたら、それは、正真正銘、大変な数の木になるだろうが、それでもまだノルウェーの森には及ばない。ノルウェーの森を作っているのは単に木の数やその範囲だけではない。確かに、限りない木の集積は何か、元素的な、または不滅的なものを持ってはいる。しかし、北の森は、その内部にまだもっと別のもの、地質学的組成のような、原初的で根源的なものを持っている。ここで言いたいのは、地質学的なある瞬間に花崗岩が吐き出されたように、

Ljusdal

または白亜が積み上げられたように、自然が吐き出したものが、どのように立っているのか、または横たわっているのか、である。そして今や、あなた、小石を割れ、またたは、木を切り倒せ！　とか言う。それらをたとえば消滅させることができるだろう、できないわけはあるまい。しかし、それらを作ることはできないだろう、北の森を創造することはできないだろう。森は語る。何百万本もの幹の上に立っているが、じつはそれは一つの壁、一つの面で、北極圏から南へ向かって一千キロメートルもの間、うねっていく、一つの長過ぎるほどの緑の波なのだ。あの上のほうのように、北のほうでのように！　北のほうでのように！　そこには底なしに噴出する不滅の生命の源があった。轟《とどろ》きわたる森の激流、森の滝、森の緩急の流れ、広がる水面、静かな森の肩、それらがすべて川下に向かって流れていく。南へ！　南へ！　そしてここ、イェストリクランドで、イェムトランドで、ダーラ川のほとりで、やっとわたしは広刃の斧で旅を切断する。もうこれ以上は行かせないぞ、北の森よ。ただ実際に、ユルスホルムとメーラレン湖へ向かってはもう少しあるが、それも小さな森で目を楽しませるだけのものだ。しかも、ノルウェーの森の解放された元素に反して、ここ南では、人は自分の牛たちと中庭に圧迫されている。

古きスウェーデン

Suecia omnis divisa est in partes duo〔スウェーデン全土は二つの部分に分けられる〕——つまり、全スウェーデンは二十四の地方またはローンと呼ばれる地域に分けられているが、現実には二つの部分から成っている。下、つまり南ではエーレスンドからスヴェアランドまで、それにウプローンの上の一部は古い歴史的なスウェーデンを含み、大聖堂、城、館、古い町、王様の記念碑、ルーン文字の石碑、その他歴史的記念物一般がちりばめられている。だがそこから上、つまり北のほうは北極圏に至るまで、全体的に、花崗岩、滝、それに北の森以外には何もない。それは原初のスウェーデンである。

古きスウェーデンでは、旅人の目は何よりもまず、多数の教会に出会う。そのいくつかは、高貴な古い大聖堂で、その中には諸王とブラーエの諸侯、聖ブリギットの墓

がある。しかし、リンショーピンやルンドのそんな大聖堂を描いてお見せすることはできない。それは、どうしようもない。ゴシック様式というものは石に刻すべきで、それ以外にはないからだ。ルンドでは、それに加えて、ごく美しいロマネスクの地下納骨室があり、それには巨人フィンとその妻についての多くの伝説や歴史的物語がまつわっている。残念ながらわたしはスウェーデン語ができないので、そこのガイドが説明してくれたことが、一言もわからなかった。わかったのはただ、何を見たかである。わたしはまた、かわいらしい墓地の真ん中にある有名なヴレタ修道院も見た。その教会を描いてお見せするが、教会も、農場と同じように建てられ、付属の建築物ばかりで、聖具収納小屋、牛小屋、木小屋など、神のお言葉の母屋《おもや》に、さまざまな一連の建物がくっついている。しかし、多くの場合、小さな田舎風の小教会で、至る所に付属しているのは、オーク、リンデン、トネリコの老木、緑の縮れ毛のエゾノウワズミザクラと小さな塔のようなポプラ、尖塔、房、丸屋根、玉葱屋根である。それらの全てを描いたが、スピンドルのように細く尖ったものから、消防士のヘルメットか山高帽子のように見える、典型的な、広くて低いスウェーデン風の丸屋根までのすべてである。時たまスウェーデンの教会は、遂には塔を全部追放して、ただの木造の鐘のような形になっている。これらの教会は、全体的に、市民的に快適に、開かれた正直な世界の掌の中に落ち着いて、目立つように感動的に天に突き刺さるようなことは決してしない。それは多分、きびしく人間的なプロテスタント主義によるものだろう。

当地の城や館は、大部分静かな湖の水面のほとりに建てられている。そのことは、封建時代的な、難攻不落にするという目的よりも、美しさを水鏡に映すことに、さらに大きく役立っていると思う。それゆえ、それらの建物は塔や丸い稜堡に、ヘルメット、キューポラ、ランプポスト、丸屋根をかぶらせて、水面にきれいな映像を描かせている。カルマル、ヴァードステーナ、レッケー、その他まだどこかに、そんな建物がある。僧院の廃墟はプールの水面に映され、死に絶えた城は湖の鏡に映される。湖のほとりの館、それは古きスウェーデンの特徴的なモチーフの一つだ。二つ目のモチーフは、長い、至極古い並木道の奥にある田舎の領主の住家で、屋根のあたりまで密生した荘園の木々の中に沈み込んだ、赤や白の館である。スウェーデンの民主主義は貴族階級を絶滅させずに、ヘラジカかオコジョ扱いにして、ゆっくりと死に絶えるままにしている。つまり経済的で丁寧なやり方だが、力ない嘆きを伴うものだ。

そして最後に、古きスウェーデンには、ルーン文字の石碑と花崗岩の丸石の記念碑が密かに植え付けられている。時には、リンドストロムとリンドベリの牧場のただの境石かと思われるものが、じつはルーン文字の石碑だったりして、考古学者の心を喜

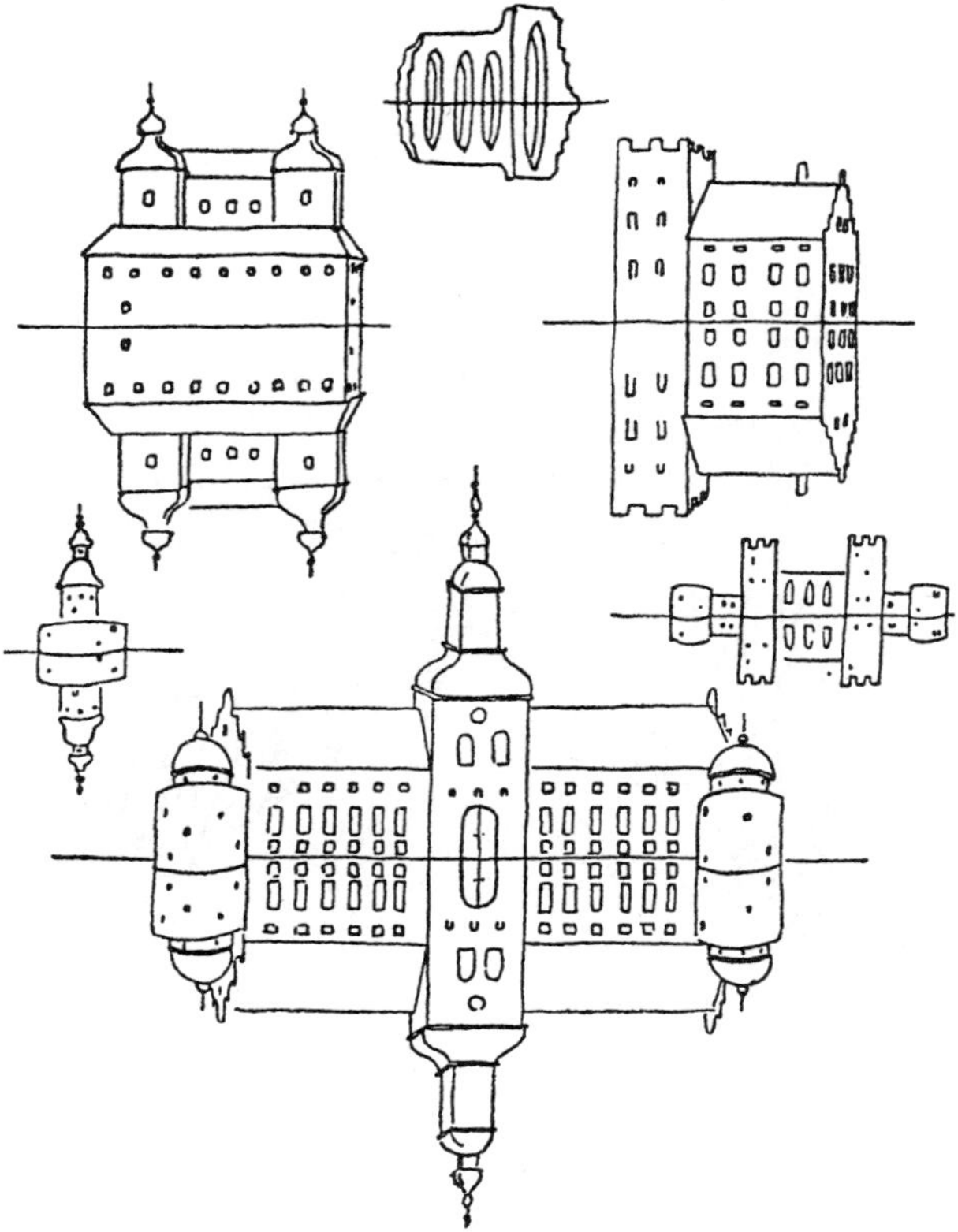

ばしている。場所によっては、これらの墓石は全体で一つの輪になるように、またはヴァイキングの船の形になるようにまとめられている。場所によっては、巨大な花崗岩が二つの石の上に屋根のように置かれて、原始時代のラルセン〔スウェーデンの代表的な人名〕の遺体の隠し場所を作っているように見える。そして現代の見物人はこの記念碑の周辺を巡り見て、当時の人たちが、どんな技術を用いてこんなに巨大な石を持ち上げたのか、不思議に思う。そんな記念碑を描いてお見せするが、これはトレボリにほど近い幹線道路のわきに立っている〔次頁〕。特筆すべきは、このような、いわば過ぎ去りし時代の記念物が、地域にいかなる権威と秘密をもたらすか、ということである。仕方のないことだが、時間の大きさと距離は、空間の限りなさと同様に、敬意のこもった驚きで人間の心を満たす。このような聖なる場所の周辺に、写真用フィルムの小箱や銀紙や紙が散らばっていようとは、信じがたいことだ。思うに、ここへやってくる夫たちはみなそれぞれ、この記念碑の所に妻を立たせ、この上なく古い石に片手をつき、もう一方の手で、バルト海から吹いて来るそよ風に波打つ髪を撫でつけている妻の姿を、カメラに納めるのだ。(「だめよ、こんなに髪が乱れてるのに」と妻は不満気に抗う。「かまわないよ」と夫はうけあい、素早くシャッターを押す。そこでこの世に、家族の記念品一つ分だけ物が増えるわけだ)。

歴史的記念物以外に、古きスウェーデンが豊かに持つものは、清潔な小さな町々と赤い農場と年を経た木々である。だが、それらは次の章まで取っておかれている。

ゴート族の国

その通り、わたしは、古い木々、牧草地、森、花崗岩、そして湖を、わたしが北の国々と別れるその時まで取っておいた。なぜなら、これらの国々で一番美しいのは、ただ北、すなわち自然のみだから。他のどこにもないような緑の自然、豊かな水、溢れんばかりの牧野と木の茂り、煌めく露と鏡のような空、田園的で豊かな、平和で恵まれた北の自然。それでもまだわたしは、赤く、白く縁どられた農場、黒白まだらの牝牛の群、満開の下野草《しもつけそう》の溝、銀色の柳と黒い柏槙《びゃくしん》。セーデルマンランドの花崗岩の森丘、緩かに広がり巻毛のように波打つスモーランドの丘陵地、スコーネ地方のあの余裕ある明るい静けさまでを残している。何でもない、申し上げるが、何でもないのだ。しかし美しい。描くというよりもむしろ愛撫したいような美しさ。何でもない。たとえば静かな水に影を映す島。それがなぜ幸せな人たちの島のように見えるのだろう？　何でもない、ただずっと年を経たリンデンの老木の陰で草を食《は》む斑の牝牛たち。それは、牝牛と樹木をひどく好んだ、古いオランダの画家の絵のようだ。さもなければ、静かな川の上にかかるただの石造りの橋。だがその橋は、この世とは異なる側に、いいですか、異なる側、彼岸《ひがん》に通ずるように見える。そこは、もはや心配も忙しさもない、そしておそらく死ぬこともない世界だ。または、緑の木々の間の赤と白の小さな家に過ぎない。そう、それだけだが、その家で暮したならきっと幸せになるだろうと思う。わたしは知っている、それは本当ではないことを。わたしは知っている、幸せであることは、そんなに容易ではないことを。幸せであることは、おそらく天国でも経験できないだろう。しかし、その地域は、旅人がすぐに、平和、快適さ、落ち着き、その他の大きな美徳を信じられるような、そんな状態なのである。

われわれをここへ案内してくれたのは、北の国々についてなみなみならぬ知識を持つ、学のあるすぐれた人だった。片手で

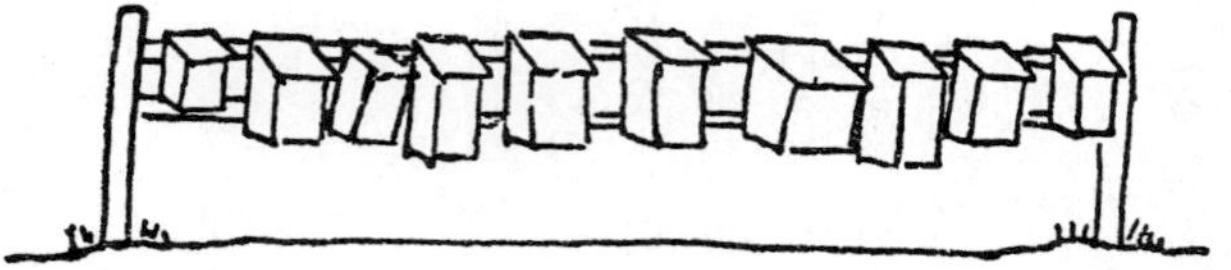

フォードの自家用車のハンドルを握り、別の手でいろいろ指さしながら、われわれに、それぞれの地域の原初時代、歴史、人々、記念物その他の特別なものの概略を説明してくれた。このようにして、左手で運転され右手で精神的に導かれながら、われわれはセーデルマンランド、エステルイェートランド、スモーランドを巡り、スコーネとマルメフースレーンを経て、やっと港のトレレボリで車を降りた。このことからおわかりのように、この旅の道中では、運命の特別な善意がわれわれのお伴をしてくれた。そこで、古代のゴート族の国について、多くのことをわたしは語れるだろうけれども、ニヒェピング、ノルヒェピング、リンヒェピングそれにイェーンヒェピングの多くの地名がこんがらがっていて、スウェーデンの諸王については混沌としている。その数はおそろしく多いのだが、主にグスタフとカレルだった。だから、何か誤りをしでかさないように、歴史については口をつぐむほうがよい。わたしが憶えているのはただ、エステルイェートランドの人たちはあれこれの典型的な性格的特徴を持ち、スモーランドの人たちはそれとは別の特徴を持つ、ということだが、あべこべかも知れない。だが、エステルイェートランドは、どちらかと言えば広い、豊かな貴族領の平野だが、一方スモーランドはみごとにごつごつした、より貧しい農民の地帯である。しかし、両地域とも、沿道や人家のそれぞれ、川や湖の魅惑的な水のほとり、さらに緩やかな

Södertälje

Småland

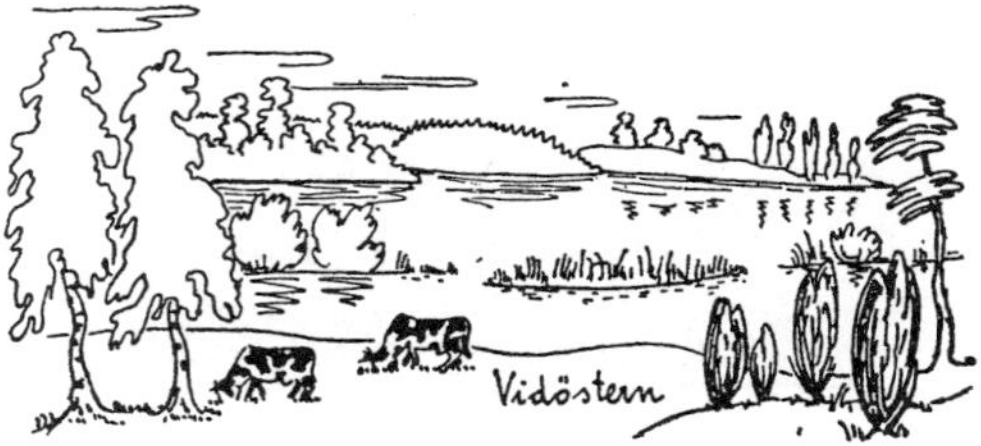
Vidöstern

Skåne

丘や親しみ深い狭間のある所ではどこでも、肩幅の広い繁茂した木々に、豊かに覆われている。それは例外なしに神の公園かと思われる。だが時に、この柔らかな情景の中に、ヒースや柏槙の生い茂った花崗岩の石の国が突如として現れ、迷子の石が散らばり、裸の岩場が押し込む。常にあの古代の記念碑的な石が、心温まる田舎風のスウェーデンの土の至る所から芽を出している。

それから旅のまさに終りになって、旅人の前に北のカナンの地（神の約束の地。旧約聖書参照）が開ける。それは平野で実り多いスコーネの地域、風車と長い並木道があり、斑牛の群と広い農場が散在する地域で、農場には、工場のように長い牛小屋とルンドの大聖堂のように高い納屋がある。ここではすでに、スウェーデンの他の地方のように木造の建築ではなく、石と煉瓦で組み合せた梁を用いている。そして畑は、豊かな小麦、大きな蕪、人の食卓に上るあらゆる種類の神の恵みの収穫を生み出す。にも拘らずスコーネの人たちは、禁欲的な決まり文句、すなわち「正しい時間の食事、良い食事、十分な食事」で表現される、質素な食事を守っている――それ以上ではない。わたしが気がついたのは、みごとな家畜が育ち、生長した古い木々が生い茂る所にはどこでも、同様にりっぱな人種が住んでいる、ということだ。イェートランド（ゴート族の国）のスウェーデン人たちは、本当に高貴な農民である。かくてご覧のように、旅は終る。そして円環は閉じられる。あの、薔薇《ばら》色の乳房のように、全体に乳流れるいとしきデンマークの国から、岩場の間の一握りの氷河植物以外には何も生じない、この世の果てそのものまで。そして極地のツンドラから、緑なす牧野と黒い森への帰還。われわれはこの旅の実りの一部を掌いっぱいに掬い上げた。まるでライ麦畑を歩く人が、指の間を熟した穂が滑っていくがままにしておくように。本当に、ノルランドでは、燕麦を撫でるために、相当に腰をかがめねばならないだろう。そして、ここスコーネで円環は閉じられる。群をなす家畜の神々と畑の作物が、再び旅人を祝福してくれる——エーレスンド海峡の反対側と同じように。

夜

そして再び夜になった。バルト海の上空では好天候の稲妻が広範囲に光っている。緑と赤の船灯の間を、またたくブイと煌めく灯台の間を縫って、輝く運航船のホテルが、対岸へ、あのより大きなヨーロッパの岸へわれわれを運ぶ。わたしが知りたいことがおわかりだろうか？　たとえば、小麦粉とセメントと一握りの人たちを積んだホーコン・アダルステイン号が、今どこの海峡で消灯しているか。とんでもない、あの北のほうではまだ黒い夜にはならず、太陽は輝く朝焼けの東の中に沈みつつある。ともかく、あれはよい船だった。本当に、こんな宮殿のような豪華船では決してないが、その代り、われわれ人間は、お互いに、またいろいろな物にも、何か親近感を持っていた。

諸国民が、自分の大きさと力について、常に何を心に抱いているのか、わたしには

Trälleborg

わからない。そう、そう、ただのプライドだけを芽吹かせぬように！ ここでわたしは三つの国民を観察してきた——それらは、小さい国だと言われている。だがよく見ると、それらの国々はよく運営され、物事を完全に計算すれば、地上最大の諸王国間よりも、より多くの価値の集積が見出されるだろう。ここでも、歴史は多くの敵対、侵略、戦争を引き起こした。だが、その後に問題は何も残らなかったし、そうかと言ってその教訓は無にはならなかった。いつの日にか人々は、いかなる戦争の勝利もそれだけの価値はない、という認識に達するだろう。そしてもし英雄を必要とするなら、あのハンメルフェストの小柄な医者のようになることができる。あの人は、きびしい極地の夜中に、女性がお産をしたり子供が病気で泣いている島から島へと、自分のモーターボートで往診して廻っているのだ。常に、完全で勇壮な男のための場所は十分にある、たとえ戦いの太鼓の響きが鳴り止むことがあったとしても——。

かくてまた、夜。黒い海の上空に、稲妻の広刃の剣が躍っている。それは嵐の前触れかそれとも好天の印か？ 夜中に世界を眺めると、何と速やかに世界がより恐しく、より悲劇的に見えることか！ いいですか、あなた、これはもはや、透明で緑色で、多くの湾の水のように冷たいスウェーデンの黄昏ではなく、形而上学的な目眩《めまい》を誘う真夜中の太陽でもない。これはもはや、全くありふれた、重いヨーロッパの夜である。

そう、われわれは神の下さった平和を見た、そして今再び家路を辿っている。
灰色に冷たく、明け方の光が射しはじめる。それはいささか、湿っぽい朝の新聞を開いて、この世界に何が起こったのか記事を目で探すかのようだ。ここしばらく新聞を読まなかった。何事もなく、ただ数週間の永遠が過ぎてゆき、ノルウェーの山々はフィヨルドの水に影を映し、スウェーデンの森はわれわれの頭上を覆い、温和な牛たちは満足気な聖なる眼でわれわれを眺めていた。最初のみにくい、非人間的なニュース〔スペインのフランコ将軍によるファシスト独裁の事態を指す〕、それがまさに旅の終りになるだろう。（そうだ、ここにそれがある。それはそのまま、スペイン国民の恐しい不幸だったに違いない！　神よ、なぜ自分の知った諸国民のすべてを、こんなに好きになるのでしょうか！）

憂鬱な暁の中にヨーロッパの光がちらつく。どうしようか、もはや旅の終りだ。ルヤンから出航している漁師の帆船は、ロフォーテンのものと全くよく似ているが、ただ帆だけが少し異なっている。今、ホーコン・アダルステイン号は、ロフォーテンの裸の岩の間を、北へ向かって航行していることだろう。ともかく、あれはよい船だった(❖1)、そしてあれはよい旅だった。

❖1　実際にもはや単なる過去の〝だった〟である。なぜなら、この間わたしは船長《カピテイン》からこんな手紙を受取ったのだから。〝今わたしの古い汽船ホーコン・アダルステイン号は格下げされました。キャビンはすべて取り外されて、われわれが食事したサロンも同様ですが、今はただ貨物用になっています。それを見るのは悲しいことでした、わたしはわたしの古い汽船を愛していたので。わたしは今、郵便物と旅客を乗せてベルゲンとキルケネスの間を走る汽船X・Y号に乗っています。でもこの船は、わたしの古い船ほどよくはありません〟〔原文ドイツ語。綴りにいくつか誤りがある〕。

そうなのだ、あの船の思い出に、最後の終止符で敬意を示そう。

解説　カレル・チャペックと北欧

飯島　周

カレル・チャペック（Karel Čapek 一八九〇―一九三八）は、一九三六年七月、妻のオルガ（Olga 一九〇二―一九六八）とその兄カレル・シャインプフルーク（Karel Scheinpflug 一八八九―一九八七）と三人で北欧三国、デンマーク、スウェーデン、ノルウェーへの旅行に出かけた。その旅の成果の一つが本訳書の原本『北への旅』（*Cesta na sever* 一九三六）で、チャペックの外国旅行記としては最後のものとなった。

この旅行記は、例によって旅行中に書かれ、『人民新聞』（*Lidové noviny*）に連載の後、単行本として三六年十二月に刊行された。著者自身による多数の克明なイラストの中には色彩画も数点含まれ、いわば「旅の絵本」的な要素もある。さらに妻オルガの詩が八編、各所に配置され、この点でもやや異彩を放っている。

この旅の目的としては、冒頭に記されているように、精神文化的な面への関心と共に、北欧の自然への期待があったようだ。本書をご覧下されば明らかなように、著者は執拗なまでに北欧の自然、山や海、島や森を描いている。さらに、それらを背景とした人間生活の厳しさと豊かさを読者に伝えようとする努力が感じられる。

不幸なことに、この旅行はヨーロッパにおけるファシズムの台頭と時期を同じにしていた。同年に発表された『山椒魚戦争』（*Válka s mloky*）はナチスドイツに対する痛烈な批判を含むものであるが、本書のあちこちにも、ナチスとスペイン市民戦争についての憂慮が暗示されている。その前年三五年に正式に結婚したオルガとの新婚旅行的な意味もあったと思われるこの旅行に、暗い影が感じられる部分があるのは、そのためであろう。

そして、旅行中のオルガとのやりとり、特に船室中の会話などは、二人の微妙な関係を想像させる。人気作家と女優兼作家であるその妻との組合せは、各所で評判となり、インタビューも何回か行われた。同年七月十七日にはオスロのペンクラブの夕食会で講演したことも記録されている。（後になって、同年十一月にはチャペックがノーベル賞候補になったことがノルウェーの新聞で報じられた）。旅行中の言動については、同行者のそれぞれの著書（オルガの『チェコのロマン』*Český román* 一九六九、義兄の『わが義弟カレル・チャペック』*Můj švagr Karel Čapek* 一九九二）の中にある程度の記述があり、興味深い。

すでに西欧と南欧を旅していたチャペックに、北欧の風物、特に白夜は強い印象を与え、昼も夜もない、時間的に無限の状態を経験させた。この世の果て、とも表現されるこの地の自然と、そこに暮らす人々の貧しいながら互いに信じ合う生活、被差別的な地位のサーミの人たち、そしてアメリカからの騒々しい宗教団体など、得意のユーモアと皮肉をまじえた描写は、楽しめると同時に考えさせるものを持っている。

本書は本邦初訳である。訳出は、もちろん、容易な仕事ではなかったが、特に北欧語のカタカナ表記は非常に困難だった。いくつかの語の日本語での慣用的なものと現地風の発音とのずれ、たとえばアンデルセンとアナスンなど、さらに方言的な差や不明確なものもあり、当然誤りも少なくないと思うが、ご指摘いただければ幸いである。

なお、挿絵の一部とオルガの詩は、紙幅の問題もあり、割愛せざるを得なかった。この点については読者にご海容いただきたい。ただオルガの詩については、最初の一篇だけ、見本的に訳出した。以下を参照されたい。内容はチャペックの記述と重なる点が多い。

デンマーク

緑の国、茂みと牧場と草原の国
屋根の朱色は黒ずむこと絶えてなく
山腹の金鎖《きんぐさり》の花と群なす牛また牛
緑色に映える湖と白く光る波止場

信仰とタイルで造られた教会の尖塔

藁《わら》積みの下の農場と白いたてがみの馬
子供たちの積木細工　赤い小石
すべてを怪しみ目を見張る忘れな草

にわとこの香りの国　波と干草の香りの国
微笑とミルク色の肌の乙女の国
いとしい小さな国　約束の国のごと
健やかな子供の顔に浮かぶ金色の雀斑《そばかす》の国

最終的に、この旅行記は、チャペックの持論である各民族の自主独立と、それぞれの友好関係の確立の必要性を各所で感じさせる。そして、最後にある現代的英雄——極地の医者——の評価は、とりわけ強い印象を読者に与えることだろう。

二〇〇八年十一月

ちくま文庫

北欧《ほくおう》の旅《たび》

カレル・チャペック旅行記《りょこうき》コレクション

二〇〇九年一月十日　第一刷発行
二〇二三年三月五日　第七刷発行

著　者　カレル・チャペック
編訳者　飯島周（いいじま・いたる）

発行者　喜入冬子
発行所　株式会社　筑摩書房
東京都台東区蔵前二―五―三　〒一一一―八七五五
電話番号　〇三―五六八七―二六〇一（代表）
装幀者　安野光雅
印刷所　三松堂印刷株式会社
製本所　三松堂印刷株式会社

ISBN978-4-480-42498-3 C0198